JN337049

ギュスターヴ・ドレの挿絵21点に基づく
夜間の爆走

ヴァルター・ミョルス
WALTER MOERS

谷口伊兵衛 訳
TANIGUCHI IHEE

而立書房

ギュスターヴ・ドレの挿絵21点に基づく
夜 間 の 爆 走

Original title: *WILDE REISE DURCH DIE NACHT*
(Nach einundzwanzig Bildern von Gustave Doré)
by Walter Moers

First published in 2001
Copyright ©2013 by Albrecht Knaus Verlag,
a division of Verlagsgruppe Random House GmbH,
München, Germany
Translation copyright ©2014 by Ihee Taniguchi
Japanese version ©2014 by Jiritsu-shobo, Inc., Tokyo
This book is published by the arrangement with Albrecht Knaus Verlag,
München through Meike Marx, Literary Agency, Fukagawa, Hokkaido

フランスの画家・イラストレーター、ギュスターヴ・ドレ（1832年1月6日ストラスブール生まれ、1883年1月23日パリにて没）は幼年時代から絵画に秀でた才能を発揮し、10歳の頃には風俗史のためにいろいろなスケッチのリトグラフを発表した。13歳になるとパリに移住し、15歳には『笑いの雑誌』（*Journal pour rire*）により早くもイラストレーターとして雇われた。

　1854年には初の重要なイラスト入り本、ラブレー『ガルガンチュアとパンタグリュエル』を刊行した。これには多数のシリーズが続く。結果、彼は19世紀中葉のもっともポピュラーで、多産な成功したブック・イラストレーターの一人となった。

　その尽きることのない想像力と非凡な器用さから、行き過ぎや奇抜さに行き着き、最後の大作、アリオストの『狂乱のオルランド』への挿絵を歪める結果ともなった。

　──マイヤー『会話辞典』（*Konversationslexikon*, 1897）より。

ギュスターヴ・ドレの挿絵21点に基づく
夜 間 の 爆 走

暗くなるや、ギュスターヴは海に出かけた。夜間の旅を好んでいたのだ。行き先は分かっていなかったから、視界のことはどうでもよかった。空はインクを流したような黒い雲で覆われており、ときたま星とか月のあばた顔が僅かな光を射し込み、何とか両手で船を操縦するために舵輪を見ることはできた。ギュスターヴは星の位置を眺めて自分の足場を確かめられるということを、どこかで読んでいた。いつかこの技をマスターしようと欲したのだが、当面は本能に身を任せざるを得なかったのである。

「取り舵いっぱいにしろ！」とデッキの上で叫び、舵輪を左へ向けた。取り舵は左だったか、右だったったか？　舵輪を左へ向けると船は右に回るのだったか、それとも逆回りするのだったか？　さし当たり、ギュスターヴはこういう問題を脇にどけておき、懸命に木造の舵輪を回転させて、乗組員に不屈の決意の印象を与えようとするのだった。

「とても切り抜けられませんぜ、船長！」と叫んで、彼の信頼している片目の甲板長のダンテが彼の背後に近寄ってきていた。熟練したこの水夫の声は恐怖で震えていた。「とても脱出はできまいて。うそなら雷に打たれてもかまわんぜ！」

ギュスターヴはたった12歳だったけれども、『アヴァンチュール号』の乗組員たちは彼を —— 巨人ででもあるかのように見上げた —— そうするためには、かがみ込まねばならなかったのだが。ダンテはベレー帽を太い拳でぎゅっと押さえつけながら、若い船長の孤独な目を一縷の望みをもって見つめた。ギュスターヴは鼻先を風に向けて、はなをかんだ。空気はさも大嵐の前に差し掛かっているかのように、湿っぽくて生暖かった。

肩越しに「切り抜けるって？」と尋ねた、「なあ、ダンテ、いったい何を切り抜けるというのかね？」

「おやまあ、嵐をですよ、船長！　むしろ嵐の山だと言っているんですぞ。」

「嵐だって？」とギュスターヴが訊き返した。「いったいどういう嵐なのかい？」

「大竜巻"シャム双生児"ですよ、船長！　それがもう俺たちの足許に迫っているんですぞ！」ダンテが震える人さし指で船尾を示すと、ギュスターヴ

の視線も彼を追った。そこで目にしたものは実にぞっとさせるものだった。二つの巨大な竜巻が大海から立ち上がり、渦巻く軸が黒い雲の上にまで高く突き出し、海やそこにあるすべてのものを空に吸い上げていた。狂乱した巨人みたいにとどろきながら、『アヴァンチュール号』に文字通りアッという間に迫ってきた。

「なるほどねえ、"シャム双生児"竜巻だわい」とギュスターヴはわざと落ち着き払って言った。「不快な現象ではあるが、膝関節を制御できなくなる理由には断じてならぬわ」。そして、ダンテの震えている両脚をとがめるかのように見やった。

「帆を納めろ！　3度……いや、4度右舷に向けろ！」とギュスターヴがきっぱりと命令した。舵手はこの冷酷な若者の死の危険を覚悟した態度にきまり悪気に、勇気を奮い起こした。「かしこまりました、船長！」とダンテは敬礼し、かかとをかちっと鳴らして、脚をぴんと張ったまま、遠去かった。

ギュスターヴの膝はダンテがギクシャク歩いて遠去かってからやっと柔らかくなりだした。両手は舵輪にしっかりすがりついていた。"シャム双生児"竜巻だとは！　えらいことだ。7つの大洋全体で出くわしかねないもっとも危険な自然現象だったのだ！　2つの大竜巻、気象学上の双子が、テレパシーによるかのように互いに交信し合い、チームを組んで船を追跡してきたのだ。一つがやりおおせなければ、もう一つが片づけるのだった。

ギュスターヴは後ろのとどろく渦巻きに目をやった。またたく間にかさが2倍になったように見えた。巨大なダイオウイカ、クジラ、サメが海から巻き上げられ、空中に投げ出されるのが見えた。稲妻がよろめく大竜巻の間をあちこちひらめき、まばゆい白光のからみ合いが『アヴァンチュール号』をさながら幽霊船みたいに照らし出すのだった。

「なるほど、こうして奴らは交信しているんだ！」とギュスターヴは推理した。「電気によってだ！　この情報を即刻、国際竜巻研究センターに伝えなくっちゃ——生き残っておればの話だが」。

もう一度視線を前に向けた。「どちらに舵を取ろうが、どうでもよいのだ」と考えた。「左に動くと、左手の竜巻にやられるだろう。右に動けば右手の

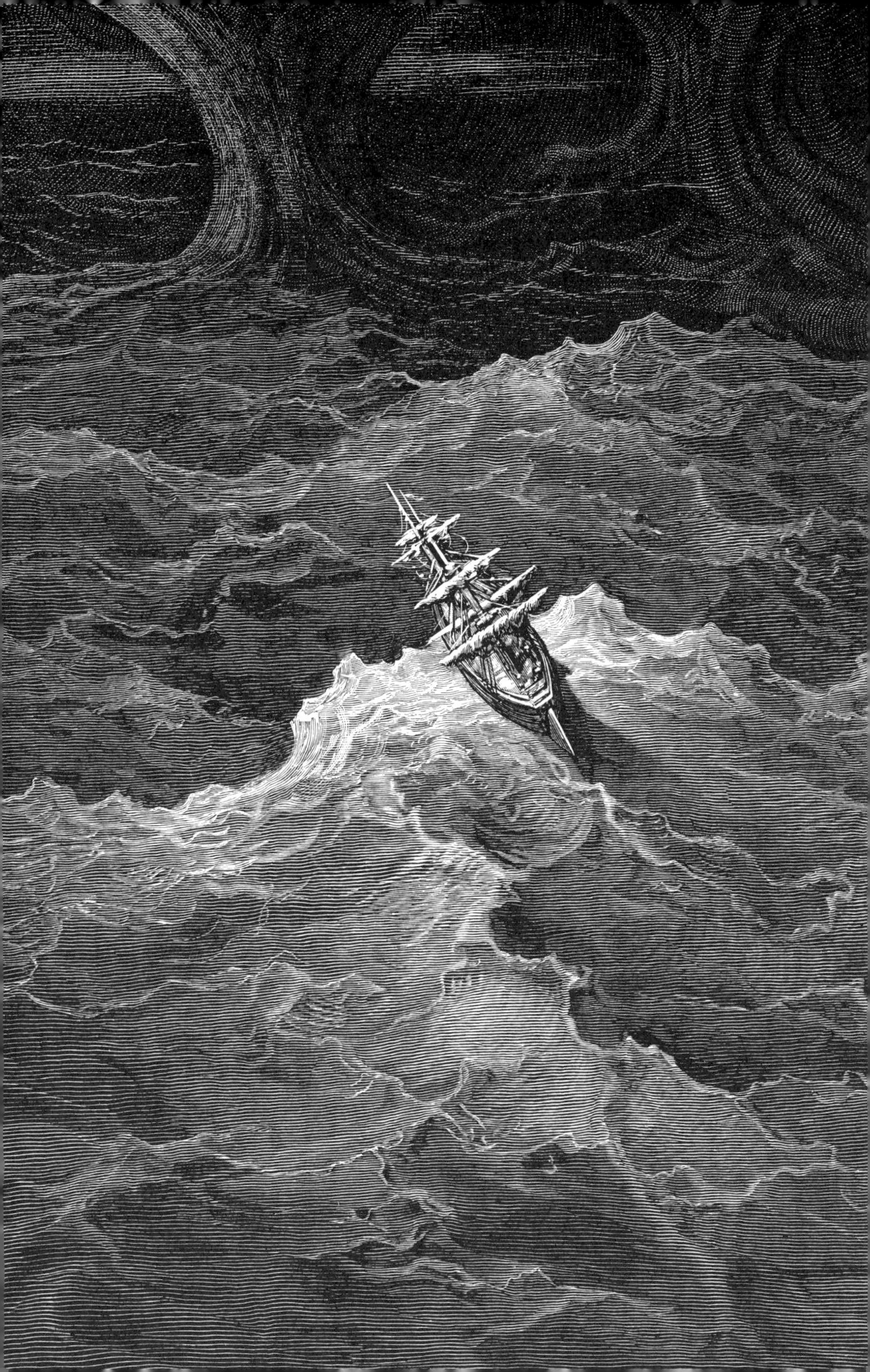

竜巻にやられるぞ」。

　こんな気がめいる考えをしたやさきに、『アヴァンチュール号』は大波に持ち上げられてしまった。たちまちにして船は海の中の、白い泡の波頭の上でぐっと呑み込まれてしまった。海洋は不断のローリングを休めてしまい、まるで竜巻の共犯者であるかのようになり、白い泡の盆の上で逃亡する船に給仕しているみたいに思われた。

　「お手上げだぞ！」とギュスターヴはやけっぱちな考えになった。「もうおしまいだ」。

　この瞬間に左手の竜巻が『アヴァンチュール号』を襲ってきた。船は暗闇に呑み込まれてしまい、海洋のはらわたからおそろしいドクドク音が出てきて、乗組員たちの悲鳴もろとも、ほかのすべての物音を圧倒してしまった。ギュスターヴは舵輪にしっかりとベルトで身を固定し、目を閉じた。

　彼は海神たちが命じたのなら、深海に船もろとも沈んで死ぬ覚悟でいた——船長である以上、これは当然の義務だったのだ。心眼から、今やもう自分の骸骨が魚どもにかじられており、いまだに深海に横たわったままの壊れた難船の舵に繋がれており、刺だらけのエイがところどころ通過して行くありさまを見て取った。

　それからふいに静かになった。物音一つ、息づかいも、動きもなくなった。ギュスターヴは虚空の中に、体重もなく、浮遊しているかのような気がした。両手に握り締めた舵だけが、一瞬前にとどろく渦巻に襲われていたことを思い起こさせるものだった。

　「俺は死んだんだ」とギュスターヴは思った。「だから、このありさまなんだ。もう何も聞こえやしない」。

　勇気をだしてもう一度目を開けて、上の方を見つめた。すると巨大な漏斗（じょうご）を通したみたいに、宇宙の中が直接垣間見えた。——煌めく星屑でいっぱいの黒い円を。その周囲一面には、海水からなる渦、木材の切れ端、旋回する空気が浮遊しており、すべてが外部へと放り出されていた。ギュスターヴは大竜巻のまったく不動で静まりかえったど真ん中にいたのだった。

　彼は乗組員たちが空中で灰色の竜巻に吸い込まれるありさまを怯えながら

眺めざるをえなかったのだが、ただ彼らの開いた口や恐怖で大きく見開かれた目しか見えず、彼らの悲痛な叫び声は聞こえなかった。

『アヴァンチュール号』はまたも空中に持ち上げられた。ギュスターヴは船が星をちりばめた宇宙の中にじかに投げ出されるかと思ったのだが、大竜巻は突如洋上で分離して、船はそのままにして空中に上昇した。そして空に向かって渦巻きながら、だんだんと薄くなっていった。その竜巻は暗黒の山なす塊がまるで海水、空気、水夫たち、船の残骸からなる大蛇みたいになっているところにもぐり込んだ。2つの双子の嵐がその後に続いた。この2つのサイクロンは雲の内部から、最後の勝鬨をあげて、それから姿を消した。

ところが『アヴァンチュール号』はまたしても海上に落ちた。衝撃で船のリベットを外板からはじきとばし、大綱を砕き、破壊された船や、木片、帆の切れっ端、がたがたの鎖の周囲からは泡が噴出した。それから、あたりはしーんと静まりかえった。波はおさまっていた。船はまだ僅かに上下動しており、樽がいくつか甲板の上で転がっていた。これがすべてだった。嵐はちょうど始まったときと同じ速さでさっと過ぎ去ってしまっていた。

ギュスターヴは舵の締め金をはずした。いまだにすっかり当惑していたが、周囲をよろよろ歩き、船を点検した。『アヴァンチュール号』で残っていたのは残骸だけであり、帆は裂け、船体はいくつも穴があき、甲板は羽を半ばむしり取られたニワトリの体みたいに反っていた。船はゆっくりと、だが容赦なく沈みつつあった。

「もうおしまいだ」とギュスターヴは呟いた。

「そう……生まれるものはみな遅かれ早かれ滅びるんだ」と船尾から声が応えた。ギュスターヴが振り返ると、舷墻〔上甲板の横の手すり〕の上の、壊れたマストともつれた大綱の間に、ぞっとするような人物が座っていた。それは骸骨さながら、皮膚も肉もない男であって、黒いシーツをまとい、骨張った両手で箱を握りしめており、空の眼窩がギュスターヴのほうを見つめていた。

かつては大層美人だったに違いない一人の少女が、彼の足許にひざまずいていた。だが今では、彼女の高貴な顔だちの上に狂気の醜悪な仮面を載せていたし、その目は乱雑な金髪にぴったりマッチして錯乱していた。彼女はき

っかり2個のさいころを甲板の上で投じていた。
　「ゲーテ！」と骸骨が叫んだ。
　「きみは……もしかしてゲーテなのか？」とギュスターヴがまごついて尋ねた。
　「いいや、ゲーテからの引用なのだ。わしは死神だ。こちらはわしの哀れな気狂い妹の痴呆神だ。こんにちは、と言いなさい、デメンティア！」
　「うちは狂ってはいないわよ！」と少女は耳障りな奇声を上げたが、さいころゲームを中断させはしなかった。
　「ところでおぬしの名前はなんだい？」と死神が訊いた。
　「ギュスターヴだ」と若者は勇気を出して答えた。「ギュスターヴ・ドレだ」。
　「よかろう」と死神が続けた。「それじゃ、わしは巡り合わせがよいわい。あんたの魂をもらいに来たんだからな」そう言いながら、手にした小箱を指さした。ギュスターヴがやっと見分けられたところでは、それはミニチュアのお棺の形をしていた。「これが何だか知っとるかい？」
　ギュスターヴは首を横に振った。
　「これは霊魂のお棺さ」と骸骨は陰鬱な声にも一抹の誇りを響かせて明言した。「そうさ！　わし個人の発明なんだ。いいかい、わしの興味はおぬしの体じゃない。そんなものはサメの餌になるか、自然現象の崩壊過程の結果大洋の中に散乱するかだ。要するに、この無慈悲な惑星では自然の意志と呼ばれているものに屈服するだけさ。わしが欲しいのはおまえの魂だけなんだ。それを燃やしてやりたいのでな」。
　「いや、それはうちのものよ！」とデメンティアが金切り声を上げながら、さいころを指さした。2回目にダブルの六の目をだすと、それらをすくい上げ、再度投じた。
　「うん、どれどれ……」と死神は不満気に言った。「もっとやってみないとな」。結局、さいころはとまって、五と六の目に終わった。
　「六の目が5回、五の目が1回。これじゃ、これ以上やるのは難しかろうて」と骸骨はため息をついた。
　「うちのものよ！」とデメンティアが勝ち誇りながら、ヒステリックな笑

い声を上げた。その燃えるような瞳はギュスターヴを見つめたとき、神経質そうに震えた。

「見てのとおりさ」と死神が説明した。「いずれにせよ、遅かれ早かれわしはおまえを手に入れようが、でもおまえが真の不運を背負っていれば、わしの名高い妹もケーキの一片を手に入れるだろう。ということは、おまえが死ぬ前に気が狂うことにもなるだろうということさ。この場合のシナリオはおよそこうなろう。つまり、おまえが数週間いかだの上で大洋をさまよっていると、無慈悲な太陽でおまえの脳みそは脱水症状になり、おまえは幻覚を起こして水棲の幻影とか、ひょっとしておまえの亡くなった祖母が現われて、おまえのヴァイオリン教師の声で話しかける――とかいった類いの――ことを経験するだろう。そしてそれからおまえは自分自身を食べ始めるだろう」。

死神は肩をすくめてから、さいころを甲板の上で投じた。「残念ながら、わしの思いどおりにはいかぬわい。こいつは、うーん、狂気のさただ」。

死神は骨ばった人さし指で骸骨を意味ありげに叩いたが、その前にデメンティアが甲板の上でさいころの止まりかけていることに精神集中しているのを確かめていたのだった。六の目が２つ出ていたのだ。

「見てのとおり、わしは最善を尽くすよ」。死神はこう言いながら、再びさいころを振ると、またしても六の目が２つだった。

「あんたたちはわたしのためにやっているんですか？」ギュスターヴは思い切って尋ねた。

「ほかに考えられるかい？ "シャム双生児"の竜巻の間中、沈みかけた泥船に乗りながら、さいころゲームを少しやっただけだとでも思うのかい？若いの、ここじゃ伸るか反るかなんだぜ」。死神が３回目のさいころを振った。またしても六の目が２つだった。骨ばった手を叩くと、お棺の上をがらがら転がる２本の鉛筆のような音がした。デメンティアが出した金切り声で、ギュスターヴの首の上の髪の毛が逆立った。

「運が向いたぞ！」と骸骨が言った。「さあ、若いの、おまえの魂を引き渡してはくれぬか？」

ギュスターヴはぞっとした。「わたしの魂を引き渡すだって？ どうしよ

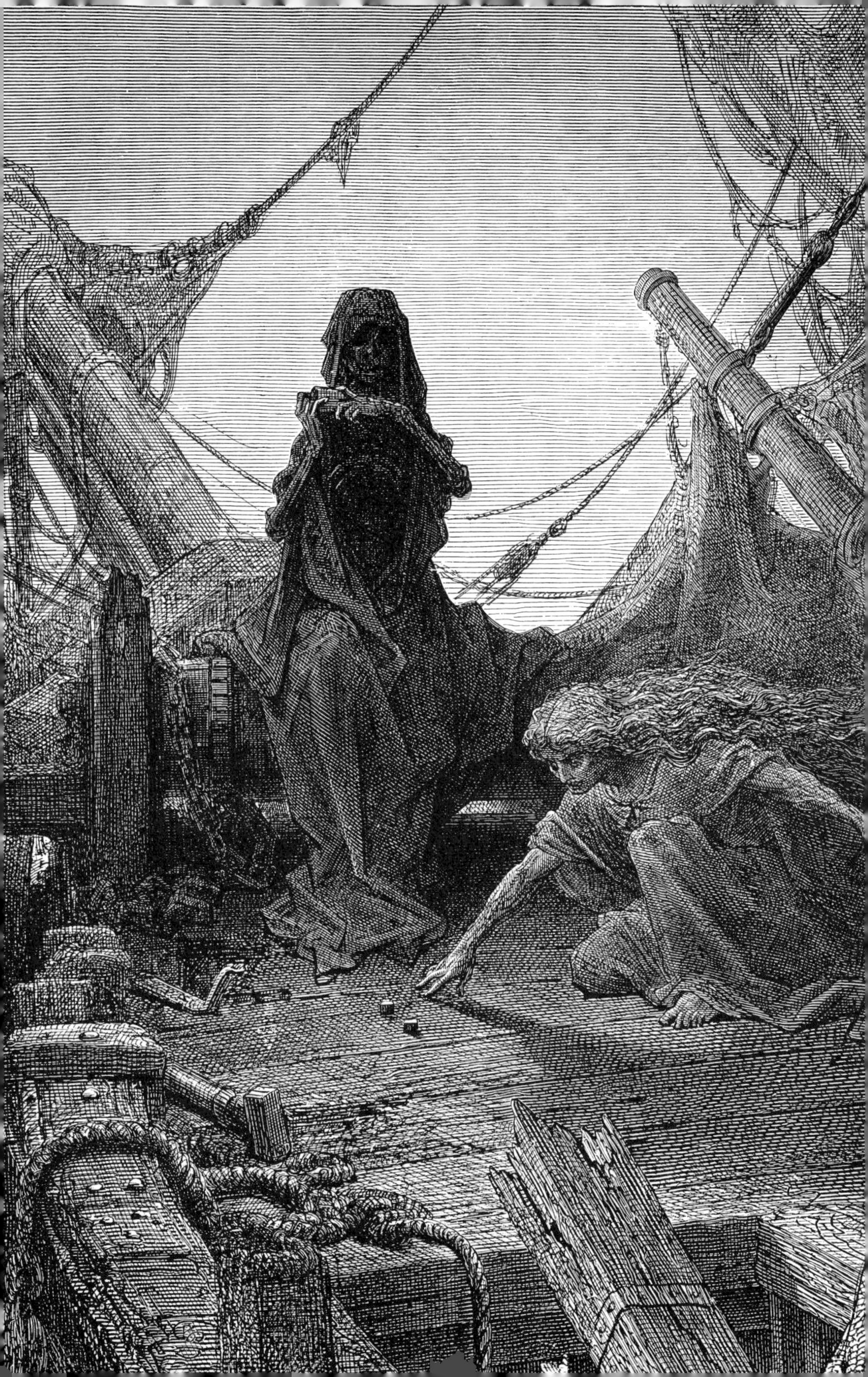

うというんだい？　いったいどうなるのかね？」
　「どうなるかは、わしの知ったことじゃない」。死神の態度は人を小ばかにするものだった。「おまえは海に跳び込んで溺れてもいいんだ。ここのロープを一つ摑んで、首をくくってもいい。どちらにしろ、そこには鋭利な短剣があるんだ。おまえも"切腹"という日本の素晴らしい習慣のことは聞いたことがあるかい？」
　「わたしに自殺しろと言うのですか？」
　「もちろんさ……。それ以外に言いようがなかろう。それともわしにそれをやらせたいのかい？　わしは死神であって、暗殺者じゃないんだぞ」。デメンティアは兄のユーモアあふれるやりとりに、ゲラゲラと笑い出した。
　「わたしの魂をどうしようっていうのだ？」とギュスターヴが訊いた。彼は回答はどうでもよかった。少しばかり時間稼ぎしたかっただけだったのだ。
　「まあなあ、わしはそれを持って宇宙の中を飛んで行き、太陽へと投げ込むのさ。ほかのすべての魂に対してもやっているとおりにね」と死神は平然と説明した。その見下したような声には、哀れみもほのかに混じっていた。「あの上では物があんなに煌々と燃えているのはどうしてだと思うかい？　太陽なくして生命はなく、生命なくして魂はない、魂なくして太陽はない──これは宇宙の永遠のサイク……さ。うわっ！」骸骨のまなざしは、目のない人間ができる限りの憤りで満ちあふれていた。デメンティアは死神の脛を蹴とばしていた。
　死神は骨ばった指でむき出しの歯を軽くたたいた。「ちぇっ、わしはおまえに宇宙の大きな謎の一つをばらしてやったのに！　まあ、かまわん……、まさかこんなことについて本でも書くつもりじゃあるまいな？」不吉な兄妹の笑いまでもが、まるでこのやりとりが彼らのお決まりジョークの一つででもあるかのように機械的に聞こえるのだった。
　「それじゃ、わたしは反論とか何かを出せもできないのですか？」ギュスターヴの声にはすっかり元気がなかった。質問することで、何とか事態を引き延ばそうとした。はたして何をすべきなのか？　海中に跳び込む？　それではまさに死神が望んでいたことを自らの手でするに等しくなるであろう。

夜間の爆走　17

死神は首を横に振った。しかも、そうしながら、首の脊椎はさながらサンド・ペーパーの上でこするような音をたてた。「いや、残念だがもう手の施しようがないんだよ……」とつらそうに説明した。
　「いや、あるわよ！　手だてはあるわ！」とデメンティアが金切り声をだした。
　「黙れ！」死神が妹にきつくどなった。
　「あんたはうちの計画をつぶすつもり？　それなら相応の仕返しをするわよ！」とデメンティアが言い返した。
　「気狂いめ！」
　「痩せっぽちめ！」
　死神はがっくりして、海を見やった。
　デメンティアはギュスターヴに刺すような視線を向けた。彼女の２つの瞳がまるで形と色を次つぎ変えてゆく２つの万華鏡みたいに、絶えず変化するような印象をギュスターヴは受けた。
　「もちろん、何かはできるわよ、おちびちゃん、兄に課題を尋ねなさい！」デメンティアの笑い声が壊れたグラスみたいに響いた。
　「デメンティア！」死神が口をはさんだ。かっとして、上衣をきゅっと身に寄せた。それから観念して肩を落とし、むき出しの頭蓋骨を垂れた。
　「よろしい」と死神はため息をついた。「一つの道がある。でも、これまでそれを試した者はいない。だれもそんなことをかつて尋ねたことがないからだ。少なくとも今まではな」。死神の声は抑えた怒りで震えだした。「わしのチャーミングだが、残念ながらあまり賢くない妹がこんなことを思いつくまでは……」。
　「言い方に気をつけなさい！」とデメンティアは人さし指を兄に向けた。もう片手にはさいころをしっかりと握り締めて、死神の頭に投げつけんばかりだった。死神はひどく歯ぎしりした。
　「課題は５つだ」と彼はとうとう口を滑らせた。
　「課題は５つ？」とギュスターヴはおずおずと繰り返した。
　「今は６つになったぞ！」

ギュスターヴはおじけづいて、黙った。
「第一の課題　龍の手から美少女を救出すること。」
ギュスターヴはそういうことを予期していたかのようにうなずいた。
「第二の課題　悪霊がうようよいる森を横切ること。」
「悪霊のうようよいる森を横切るんですね」とギュスターヴは詳しく覚えようとして、つぶやいた。
「……その際、できるだけはでに目立つようにやるのだ！」と死神がつけ加えた。
ギュスターヴはうめき声をだした。
「第三の課題は……」死神は懸命に考えた。「うん、第三の課題は……」と頭蓋骨を人さし指で叩きながら口ごもった。ギュスターヴは気をもみながら待った。
骸骨のような死神が、雷に撃たれたかのようにぐいっと立ち上がった。「第三の課題　三巨人の名前を推測しなくてはいけない」。
「三巨人だって？」とギュスターヴが言い返した。「それはあんまりでは……」。
「よし、じゃ、五巨人だ！」と骸骨がどなった。
「でも、わたしは……」
「じゃ、六巨人だ！」と死神は骸 墻(げんしょう)の上に拳骨をくらわせた。
ギュスターヴは下唇を噛んで、もう黙ることにした。
「第四の課題……第四の課題は……えーと……」。死神は一生懸命に新しい課題を見つけ出そうとしているらしかった。
「想像力は兄の得手じゃなかったんだ！」とデメンティアが嘲笑した。「魂を燃やすことなら立派にやれるが、オリジナルな考えをたった一つひねり出すことになると……」
「課題第四だ！」死神は雷のような声で妹を遮った。「怪物全体でもっとも恐ろしいものが持っている歯を１本わしの所に持って来い！」
「承知しました」とギュスターヴは言いながら、頭を下げ、そして、それでも挑戦的に考えた。「ほかに何か望みはあるのか？」と。

「もちろんあるぞ！」死神があまりにきつくどなったため、ギュスターヴは跳び上がった。こんな骸骨が人の心を読めたとは？

「第五の課題は……。」

「怪物、龍、巨人、悪霊……」とギュスターヴは考えた。「これ以上に厄介なものはあり得まいから」。

死神は恐ろしくて深みのある声をなおも低くして言った。「小僧、よく注意して聴け。これはすべてのうち、もっとも難しい課題だからな。**第五の課題は　おまえがおまえ自身に出会わなくちゃならない！**」

「そんなのは難しいどころか、まったく不可能だ！」とギュスターヴは思ったのだが、あえて反抗はしなかった。

死神は立ち上がり、コートをしっかり体にかき寄せた。

これほどたくさんの素敵な課題が思い浮かんだことに明らかにほっとして、死神は命じるのだった。「最後に、おまえは月の上のわしの家に赴かなくちゃならぬ。そこにはわしの、まあ、魅力のある妹がいて、**第六の最後の課題をおまえに課すだろう。おまえがそこへうまくたどりつければの話だが**」

「あんたは月に住んでいるの？」とギュスターヴは衝撃を受けて訊いた。

「そうだ」と死神はため息をついて言った。「そこは人間がみんなから離れて、今でも平穏に居られる唯一の場所なのさ。以前はわしは北極の氷の城に住んでいたんだが、今や観光客が押しかけてくる始末だ。極地研究者や、探検者や、鳥類学者や、気象学者、等々が。わしは今は平静の海岸に住んでいる。そこにはわしの家しかないんだ。厳密に言うと、これが月にあるたった一軒の家なのだ。見落とすんじゃないぞ」。

デメンティアがため息をついた。明らかに、この淋しい住居のことを思ってのことだった。「個人としては」とギュスターヴに囁くのだった、「いくらかの人民を周囲に持ちたいわ。この極地探検者たちは決してひどくはなかったのだけれど、ここのけちな能天気の兄は……」。

すると死神が命令調で妹を黙らせた。

「それじゃ、今夜が終わる前に月で会おうぜ！」

ギュスターヴは「でも、これらははなはだ厄介な課題ですね」とうめき声

を出しながら、頭をかいた。

　死神はうなずいて言った。「これがおまえの人生なんだ。ボロボロで無意味なのさ」と、もうはっきりと穏やかな調子になった。「さながら軽石でもってだんだんとおまえを埃になるまでこするようなものなのさ。わしだったら、利己主義者と見なされようとも、せめてこの時点ですばやく見事な自殺を選ぶことだろうよ」。

　「でも、あんたに人生のことが分かるの？」とデメンティアが敵意に満ちた口調で詰問した。

　死神はこの辛辣な言葉を無視して続けた、「ところでギュスターヴ、わしの挑戦を受けるかい？　それとも前墻で首を切るほうを選ぶかい？　これが適切な選択で、わしら両方にとってもはるかに時間節約になるだろうて」。

　死神はロープをギュスターヴに差し出して、──顔の筋肉なしでできる範囲で──彼に激励の微笑をしようと試みた。

　「いや、けっこうです！」とギュスターヴは両手でロープを払いのけた。「わたしは課題をやりおおせたいです」。

　「それではよろしい」と死神はため息をついた。「では、おまえはもっとも厄介で、もっとも長くて、もっとも絶望的な道を選ぶことになる」。それから舷墻の上にロープを放り上げた。「望みのままにおやり。そうすれば、おまえは悲しみの少女の島にじきに到達するだろう。このごろでは、火を吹く龍に捕らえられた美少女たちが見つかるのはそこだけなんだ」。

　ギュスターヴは火を吹く龍の話がなされたことは思い出せなかった。

　「悲しみの少女たちの島か？　けっこう、でもどうやって行けるのかね？」と力なく尋ねた。「自分の船は沈没しつつあるし、そんな島がどこにあるのか知りもしない」。

　すると死神は「それは簡単だよ」と言いながら、めんどくさそうにパチンと指を鳴らした。

ュスターヴの第一印象は３つの大変化が起きたことだった。第一に、
ギ　骸骨も狂気の女も沈みかけた船上にはおらず、空中高く漂っていた。
　　　第二に、ヘルメットと銀の武具を着用し、手には槍を握っていた。
そして第三に、一部はライオン、一部は馬、一部はワシに見える生き物に乗っていたのである。

「あんたが尋ねる前に言っておくが」とその生き物が口を開いた。「私はグリュプスだ。悲しみの少女たちの島にあんたを運ぶ役目を負っている。事実を言うと、もうそこに到着ずみだ」。

彼らの下には春の陽気な田舎風景がひろがっていた。ギュスターヴが見渡すと、野生の花でいっぱいのみずみずしい牧場や、光を遮る木立や、水晶のように澄んだ小川が見えた。カササギの雛や、ほかの小鳥たちが、土手の上を旋回しながら、風に運ばれた昆虫を盛んについばんでいた。

「きみは死神の召使いかい？」とギュスターヴが訊いた。

「まさか俺たち全員が、と訊いているのではあるまいな？」とグリュプスは悲しげに返答した。

それから両名はしばらくは黙って飛んだ。

「いったいどこに少女たちはいるんだい？」とギュスターヴはとうとう尋ねた。

「心配しないで」とグリュプスがため息をついた。「間もなく少女たちが見えるだろうよ。でも初めに島のうち、少女たちのいない部分を旋回してみたのだ。元気を回復してもらう手立てを提供しようと思って。あんたはとどのつまり、大竜巻"シャム双生児"や、沈没船、狂気や首締めから逃れたばかりなのだからね」。

「どうもありがとう！」とギュスターヴが言った。「気配りしてくれて」。

「どういたしまして。打ち明けなくちゃならないのだが、俺は自分自身のことも少々考えていたのさ……」とグリュプスが告白した。「あんたが少女を龍の囚われから救出するのを助けるのが、俺の仕事の一部でもあるんだ」。

「それはけっこうなことだ。でも実は、わたしはまだ……の囚われから少女を救ってはいない。」

22　夜間の爆走

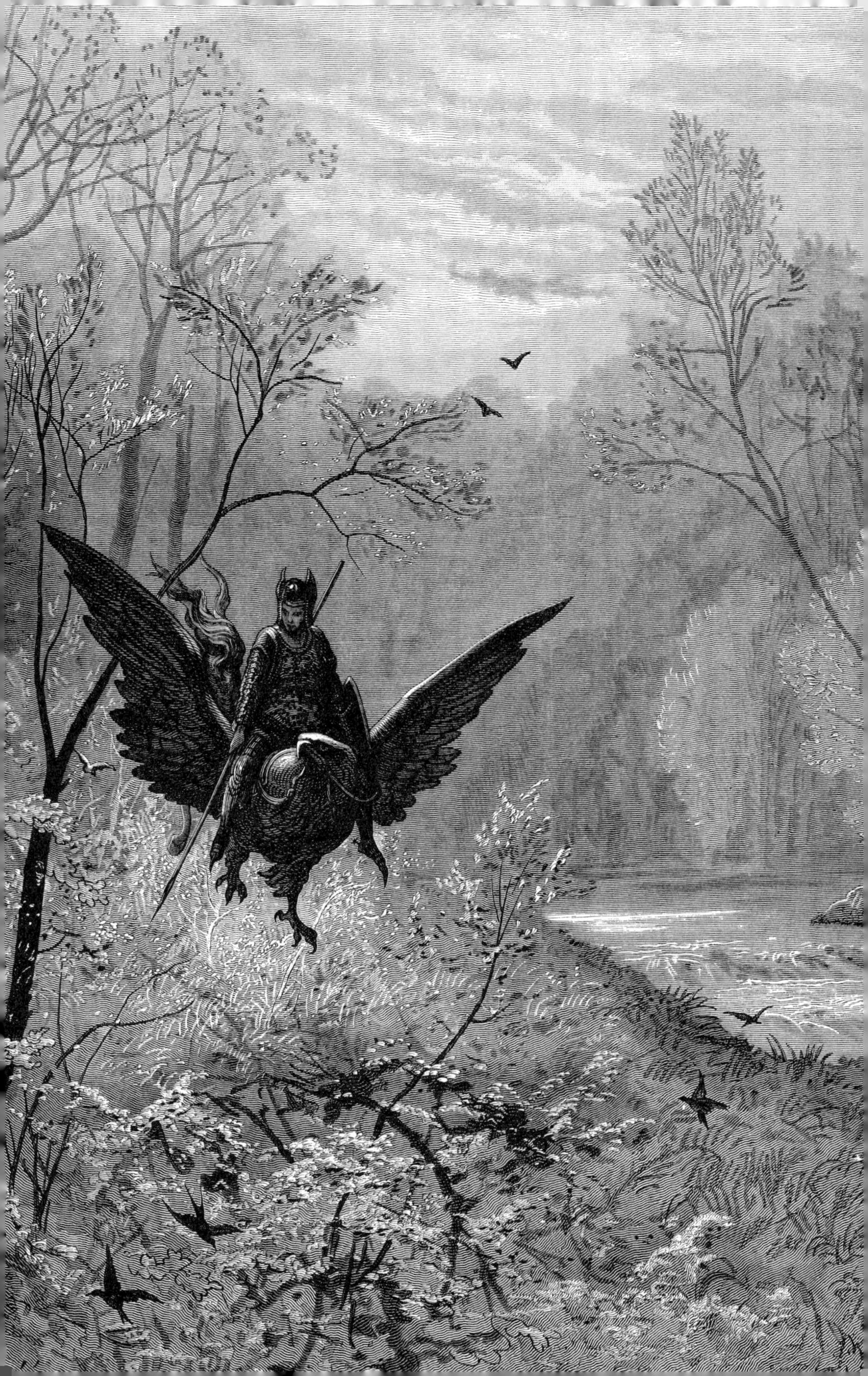

「俺もだ！」とグリュプスは困惑した声で口を挟んだ。「俺も救ってはいない！」
　それからグリュプスが翼で激しく打ちつけたため、空気がギュスターヴの耳にひゅーと音を立てた。たちまち場違いなこの一組は空中に舞い上がった。
「行こうぜ！　早ければそれだけましだ」。グリュプスは突然傾斜したため、ギュスターヴは全力でその羽根にしがみついて、武具が重みで空中に放り出されないようにしなければならなかった。
「岸辺に行かなくっちゃ。あそこでは少女たちがたいていたむろしているんでね。龍どもがたくさんやって来るものだからね。」
「でもそれじゃ、少女たちは島の内部に留まったほうがましじゃないの？」
「女どもは永遠の謎さ！」とグリュプス。
　ギュスターヴには遠くでもう海が煌めいているのが見えた。太陽は空高く上がり、空気は澄んで生暖かかった。
「もう正午みたいだけど、どうしてなの？　なぜこんなに暑いんだい？」とギュスターヴが訊いた。ちょっと前に船の上にいたときには、まだ真夜中だったのだ。
「このへんはいつも正午さ」とグリュプスが説明した、「いつも夏なんだ。少女たちのせいなのさ」。
「ぼくには解せない。」
「いつもうまく暑くなくちゃならんのだ。少女たちはヌードでいたがるものなんだよ。」
　ギュスターヴはあえいで訊いた。「ここじゃ少女たちは裸で徘徊しているのかい？」
　グリュプスは同乗者に頭を振り向けて、共謀者みたいにウィンクした。
「多少はね」と認めるのだった。「ひどく暑いものだから……」。
　岸に到達すると、グリュプスは少し右旋回し、翼を全開にし、岩だらけの海岸伝いを海の微風で飛べるようにした。ギュスターヴが眼下に目にしたのは、切り立つ崖が緑色の波ではじかれて白く泡だっているありさまだった。ときおり岩礁の間に、若干の小さい湾や、狭い砂浜や、岩、断崖、さらなる

夜間の爆走　25

岩が点在していた。
　「少女たちはいったいどこにいるの？」とギュスターヴはじれったくなって訊いた。
　「あそこさ、あんたの少女たちがいるのは」とグリュプスがため息をついた。「右手の上だ……。わしの背中から落っこちるなよ！」
　ギュスターヴは当初、崖の上に何か染みみたいなものしか見分けられなかった。──巣作りしているユリカモメかと思われたのだが、それらが近づいてくるにつれて、ギュスターヴはそれらが少女たちの群れだということをついにはっきりと識別できた。
　しかも確かに、少女たちは全員がほとんど服をまとわず、そのうえ美形だった。ある少女たちは腰布かかぶり物を着用していたが、多くは全裸だった。ギュスターヴはあえいだ。
　「しっかりとつかまっていなさい」とグリュプスが叫んだ。「平静さを失わないようにな」。
　「助けて！」と少女たちが叫んだ。「助けて！　どうかお願い！」それでも少女たちは高々と笑ったり、互いに横腹を突っつき合ったりしていた。
　「あまり巻き込まれないようにしなさい」とグリュプスが忠告した。「彼女らは龍から脱出してきた少女たちなのさ。俺らには興味のない連中なんだ」。
　「きみには興味がないというのか？」とギュスターヴはあえいで訊いた。「じゃ、なぜ彼女らは武装しているんだい？」
　「うん、龍に対抗するためだ、もちろん。龍を追い払おうとしているのさ。」
　「少女たちが龍を追い払うのか？　逆のようなことが起きていると思ったんだが。」
　「さあどうかな！　少女たちは龍を追い払い、槍で殺し、それから龍を食べるんだ。しかもそれだけじゃない。何も無駄にはしないんだ。龍の皮を剥いだり、肉を切り刻んだり、茹でたり、塩漬けにしたりするんだ。龍の油で日焼け用クリームを作ってもいる──ここじゃ、いつも正午、夏日なんだからね。おまけに龍の鱗で櫛を作ったり、舌でソーセージを作ったりもしている。眼球だって役立てているんだよ！　それらをボイルして……。」

「止しておくれ！」とギュスターヴが叫んだ。「それじゃどうして、ここが悲しんでいる少女たちの島と呼ばれているんだい？　どう見てもひどく悲しんでいる様子はないが」。
　「もちろん、そんな名称は少女たちが勝手につけたのさ。仮に彼女たちがここを龍を喰っている少女たちの島とか、龍を殺しているアマゾンたちの島とか名づけたとしたらどうだろう？」と言いながら、グリュプスはしわがれ声で笑った。「そんなことをしたら、龍の爪から少女たちを救出するために、どんな勇敢な若者もここにやっては来なくなるだろうよ。分かったかい？」
　「でも、きみは少女たちが龍どもを狩っていると言わなかったか？」
　「うん、でもときどき龍によっては状況を逆転させることがあるんだ。少女が狩猟の仲間から離れるとか、槍か何かを失うとか──しかもまさにこの瞬間に龍に出くわすとする！　間抜けな龍どもでも、少女を捕まえたときには大騒ぎしたり、踊ったりするんだ。その少女を幾日間も岩に縛りつけておき、仲間にそれを自慢したり、世間中にそのニュースを吹聴したりするんだ。逆に彼らがもっとずる賢いときには、彼女を食い尽くしたり、エキスに変えたりする──ちょうど彼女が龍たちに対してやったのと同じやり方でな。」
　グリュプスはため息をついた。「ほら、もうひとりの女がぴたり現われたぞ、輝く武具を着用した新参者が──失礼、あんたのことを当てこすったわけじゃないんだ──龍どもをやっつけているんだ。この島はあんたがわしの意見を聞きたいのなら、悲しんでいる龍たちの島と呼ばれるべきだろう。わしが聞いたところでは、龍たちから乳を搾るために、これらを飼い慣らしている少女たちすらいるらしい。龍の乳は皮膚の若返りのためにたいそう需要があるんだ」。
　「してみると、これら龍を一頭殺すのはたいしたことではないみたいだね。」
　「そうさ、飛んで行って、あんたと龍がそれぞれ互いに攻撃し合うだけさ。龍があんたの頭を嚙み切ろうとしたら、その間にあんたは槍で龍の喉を突き刺すんだ。でも、これはあんたの課題というわけじゃないよ。」
　「でないとしたら？　じゃ、それは何なのかい？」
　「言えない。わしには許されていない。あんたが自分で見破ることになる

だろうよ。」

「やっほー！」岩の間から美女たちが叫んだ。「助けて！　どうか助けに来て！」それから嘲笑し、さらに両手を口に当てて忍び笑いしながら、笑い転げた。

ギュスターヴはこの常ならぬ光景から目を逸らすことができなかった。「彼女たちが本当に助けが必要なのなら、どうしたものか？」

グリュプスの返答は激しく翼を打ちつけることだけだった。すると少女たちは間もなくユリカモメのコロニーかと見誤られかねないような、青ざめた染みのまき散らしに過ぎなくなった。ギュスターヴは彼女らを最後に一瞥しようとして、首を脱臼しそうになった。

茫然としたかのように、ギュスターヴは巨大な鳥が翼をばたつかせつつ海岸線伝いに飛んで行く間、その上にまたがっていた。これほどたくさんの裸の少女を目にしたことはなかった。厳密に言うと、彼はこれまでたった一人の裸の少女さえも見たことがなかった。せいぜい美術館の中で立像とか油絵の形で見ただけで、現実にはまったく目にしたことはなかったのだ。しかも、ここでは少女たちは実際に動いていたのだ！

「鳥の首都に差しかかったぞ」とのグリュプスの声でギュスターヴは白昼夢から引き裂かれた。それは演劇みたいな調子を帯びていた。「ここには龍を加工する産業があるんだよ」。

岩だらけの海岸線から突き出ていたのは、まばゆい白大理石から成るすらりとしたいくつかの塔であって、それらの外壁は込み入ったアラベスク模様、薄肉彫り、幾何学模様のあるタイルですっかり飾られていた。

ゆったりした列柱が、大聖堂よりも広い、空虚なホールの中に並んでいた。花崗岩の丸い塔が空高く聳えていた。詰め物みたいに濃い蒸気が地下道から湧き出ていて、さながらこれらの建物が雲の上に建てられているかのような印象を与えていた。

「あれは妖精の宮殿なの？」とギュスターヴは驚嘆して叫んだ。

「いや、龍の油工場さ」とグリュプスがビジネスライクな調子で応じた。「捕まえられた龍たちはここで龍の油搾りプレスで押しつぶされるんだ。そ

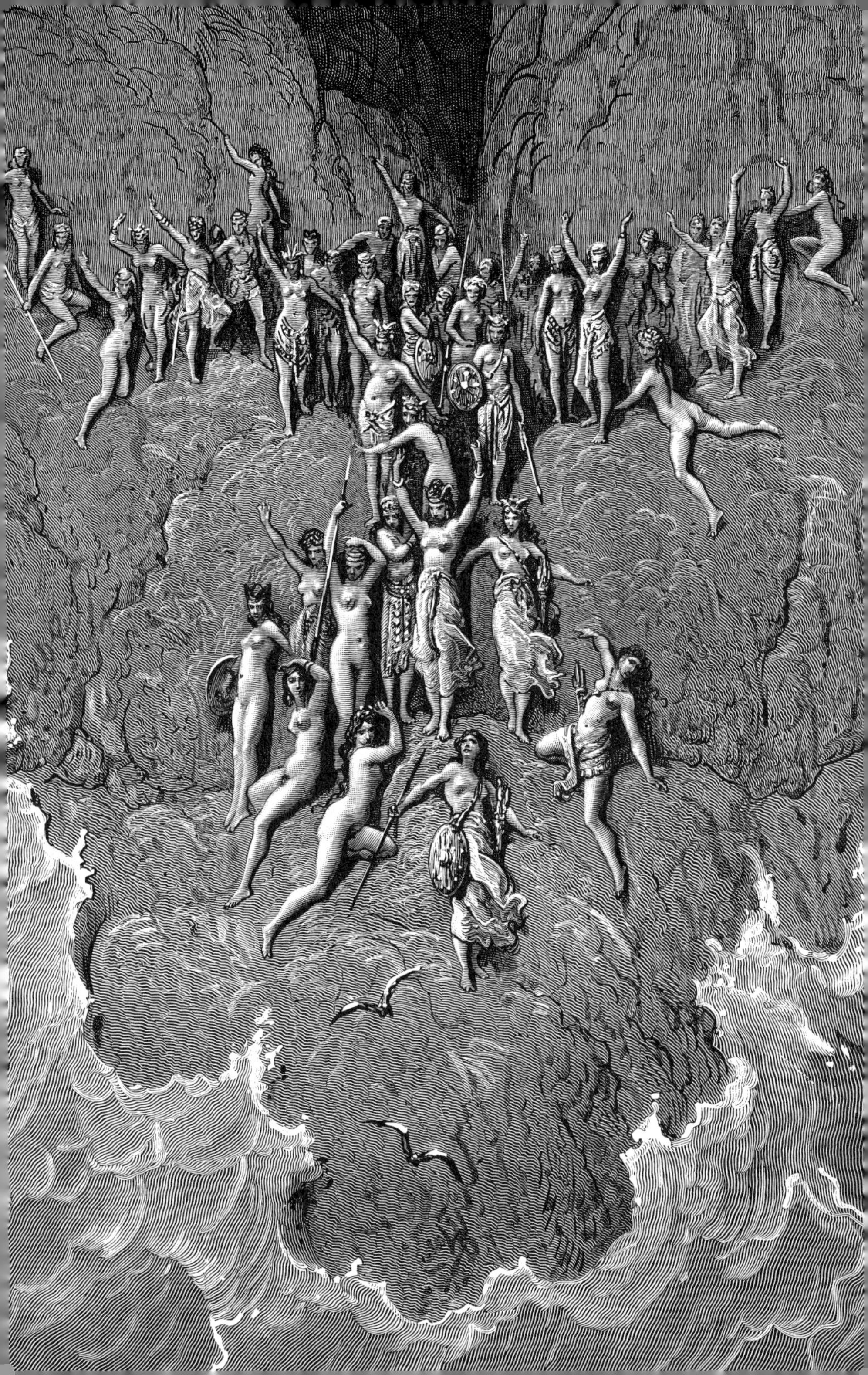

れから油は高温で熱せられ、殺菌され、さらにかん詰めにされる。味はぞっとするほどひどいのだが、一日にコップ一杯飲むと不死になると言われているんだ。ぼろ儲け仕事なのさ」。

　ギュスターヴは生産工場のやり方に魅惑されっぱなしだった。「労働者が見えないのはどうしてなの？」と尋ねた。

　「全部オートメーション化されているんだ。最新式の技術さ。いいかい、これは未来の先取りなんだよ。新しい産業革命の入口を目にしているのさ。機関車に引かれて月にまで飛翔するのも、そう遠い先のことではなかろう。」

　月……。地球の衛星へのこの言及は、ギュスターヴに不快ながら、未完のままの課題の数々のことを想起させた。

　「それじゃ、ぼくの悲しんでいる少女はどこで見つけられるのかい？」

　両名は厚い蒸気の雲の間を飛んで行った。反対側に出ると、またも公海の上にいた。

　「もうすぐだ」とグリュプスが言った。「ほら、あそこの海に何やら飛び回っているのが見えるだろう？」

　ギュスターヴは目を凝らした。

　「うん、何なの？　渦？　それとも浅瀬なの？」

　「いや、龍たちなのさ。」

　両名は少し高度を下げた──すると、ギュスターヴには鱗で覆われた龍が数頭、岸辺の浅瀬でのたうち回ったり、陽に当たった岩の上で体をくねらせたりしているのが見分けられた。かなりの大きさであり、強くて強欲なありさまをしており、どうやら筋肉、腱と頑丈な鱗だけで出来上がっているみたいだった。図体のわりにはたいそう速く、しかも優雅に水中でも陸上でも動き回っていた。生きた不死身の戦闘機そのものであって、サーベルみたいに大きくて鋭利な鉤爪や歯を備えていた。自分はこのみじめな槍一本だけではたして連中と闘わねばならない運命にあったのか？

　「どうも……」とグリュプスは遠くの何かに目を凝らしながらつぶやいた。「どうやら……」。

　「何かね？」

「とうとう着いたぞ！」と、この謎めいた獣が勝ち誇りながら叫んだ。「ほら、あそこだ！ 悲しみの少女がひとりいるぞ！」

ギュスターヴは前方に身を乗り出し、目を細めて凝視した。たしかに彼にも、ひとりの少女が岩にくるぶしを鎖で縛られているのに気づくことができた。

しかもそれ以上大事だったことに、下の泡立つ波間にのたうっていたのは、5ないし6メートルもの長さはあろうかという一頭の龍であって、この翼のある怪物には緑色の鱗と、厳めしい爪と歯が備わっていたのだ。

「ご覧！ あの龍は少女をむさぼろうとしているよ！」とギュスターヴが金切り声を発した。見ると、その怪物は泣いている少女の傍らに忍び寄り、かっと口を大きく開けた。

「やれやれ！ これは見せびらかしに過ぎんぞ！」とグリュプス。

そのとおりだった。なにしろ龍は生贄に追いついてからもう一度波間にもぐり込んで醜い頭を水面に上げ、耳をつんざくばかりの咆哮を発したのだが、この残虐な行為の唯一の目的は囚われの少女に恐怖をかきたてることにあったからだ。

「しっ」とグリュプスは静止して続けた、「ちょうどころあいに到着したようだ。用事を果たそう。さあ、槍をあの怪物に向け始めなさい」。

ギュスターヴは槍を槍当てに構えた。グリュプスは急降下した。龍のほうは攻撃者たちのことをずっと前から嗅ぎ分けていて、口をかっと大きく開き、喉から煙を吹きつけたり、発散させたりしていた。

「奴が火を噴き出す前に押さえつけなくっちゃ！」とグリュプスが叫んだ。

ギュスターヴは龍が火を噴くことをすっかり忘れていた。見ると、龍は轟音を立てながら息を吹き、まるでよだれを大量に集めてでもいたかのように、不快な叫び声を立てた。

けれども、龍の頭からほんの数メートルの距離に近づいたとき、グリュプスは不意に翼を拡げ、こうすることで性急な攻撃を喰い止めた。ギュスターヴの槍は怪物の喉には命中せずに、その頭をかすめた。すると龍は電撃みたいに速く口を開き、その木製の矢柄に歯をくい込ませた。

矢柄が粉々になると、ギュスターヴは鞍からはずれて、空中を何メートルも飛びながら、いくども宙返りし、ついに海上に背中からまっ逆さまに落っこちた。武具の内側にたまっていた空気のおかげで数秒間は水面に浮かんでいたが、やがて浸水し始めた。
　グリュプスは上空を飛び交いながら、静かに平然と羽ばたいていた。
「どうしてそんなことをしたんだ？」とギュスターヴがどなった。
「上からの命令だ！」とグリュプスは冷たく答えた。
「でも、どうして助けに来てくれないのかい？」ギュスターヴがもがいているうちに、口にはもう海水が入り込みつつあった。
「私事に立ち入ったりはしないのさ」とグリュプスは弁解がてらに言った。「わしは要するに死神の召使いなんだからね」。
　ギュスターヴは沈みかけていた。水が顔の上にはね返り、巨大な空気の泡が周囲ではじけた。急に沈んだとはいえ、そんなに長くは続かなかった。なにしろ数メートル下のほうで、銀色の船首像みたいに、泥まみれの深みの上で、揺れる水草の間にのびたままになっていたからだ。ギュスターヴはこの危険な状況から逃れようとは少しもしなかった。彼は鉛みたいな疲れに襲われて、海水が瞼をそっと圧してくるのを感じていた。
「疲れた」と思った。「眠りたい。海を漂ったし、大竜巻"シャム双生児"に追われてきたんだ。死神に抵抗し、グリュプスにまたがったりした。すっ裸の大勢の少女を見たし、龍と闘いもした。とうとう大洋の底に沈んだ。ここに留まり、ずっと眠っていたいものだ」。
　海水は生暖かく、武具が海床に彼を釘づけにしていたとはいえ、それを着用していてもほとんど重さを感じさせなかった。ギュスターヴがまばたきをして、もう永久に目を閉じようとしていたとき、色がついた数本のリボンがふと目の前に漂ってきた。やっとのことで瞼を開けてみると、顔の上をクラゲが一匹踊っていた。それは溶岩みたいに赤くて、光り輝いており、何百もの透明な黄色の触角を持っていた。
　クラゲの動きは優美かつ調和しており、軽やかで魅惑的だったから、ギュスターヴはこれほどきれいなものをこれまで見たことがないと思った。その

透明な体がほとんど気づかないほどに、時々縮むのだった。そして、微妙な波がガラス状の触手の傍らでさざめいた。クラゲは絶えずよじれたり回転したり、上がったり下がったり、優美に跳ねたり旋回したりしていた。どうやら大洋の底のもの悲しい潮流みたいに、怪しく流れるかすかな歌にそそのかされて動いているみたいに見えた。その響きはギュスターヴに風の神アイオロスのハープの音を想起させるのだった。

「それはアイオロスのハープじゃない。海馬のいななきだよ」とクラゲが笑いながら、体を揺すってしなやかに痙攣させた。「水面下では、それが音楽みたいに響くのさ。素敵だろう？」

「君は誰だい？」ギュスターヴが訊いた。彼の目下の状況下では、話すクラゲはまったく正常なことのように思われた。ちょうど、彼が口を開ける必要もなしに水面下でのクラゲに話しかけていたのと同じことだったのだ。

「わしは最後のクラゲだ！」とゼラチン状の生物は答えながら、触手を愛らしい渦巻きの中に振り向けた。

「きみは絶滅しかけているクラゲの一種だというのかい？」

「いや、わしはあんたが目にする最後のクラゲなのさ。」

深海の透明なこの住民が再び笑った。「あんたは溺れようとしている。あんたはまさに絶滅しかけている人なのだよ」。

「分かっているよ。このばかげた武具のせいさ。」

「いや心配なさるな。死ぬのはなんでもないことさ」とクラゲが応じた。「ドアは開いているから、あんたは入れるよ。それで終わり。たいした問題じゃないんだ」。

「きみはいったいここで何をしているんだい？」

「言ったでしょうが。わしは最後のクラゲだ。誰でも溺れる際にはわしを見る。無料サーヴィスだ。ちょうど海馬のコーラスみたいに。焼け死ぬ者は新聞紙ほどの大きなチョウチョウを見たり、クラシック音楽が聞こえたりするんだ。両目を閉じなさい！」

ギュスターヴは言われたとおりにした。目を閉じると、ただちに両扉つきの高い白門が見え、その上には胸像がおさまっていた。ドアがゆっくり開く

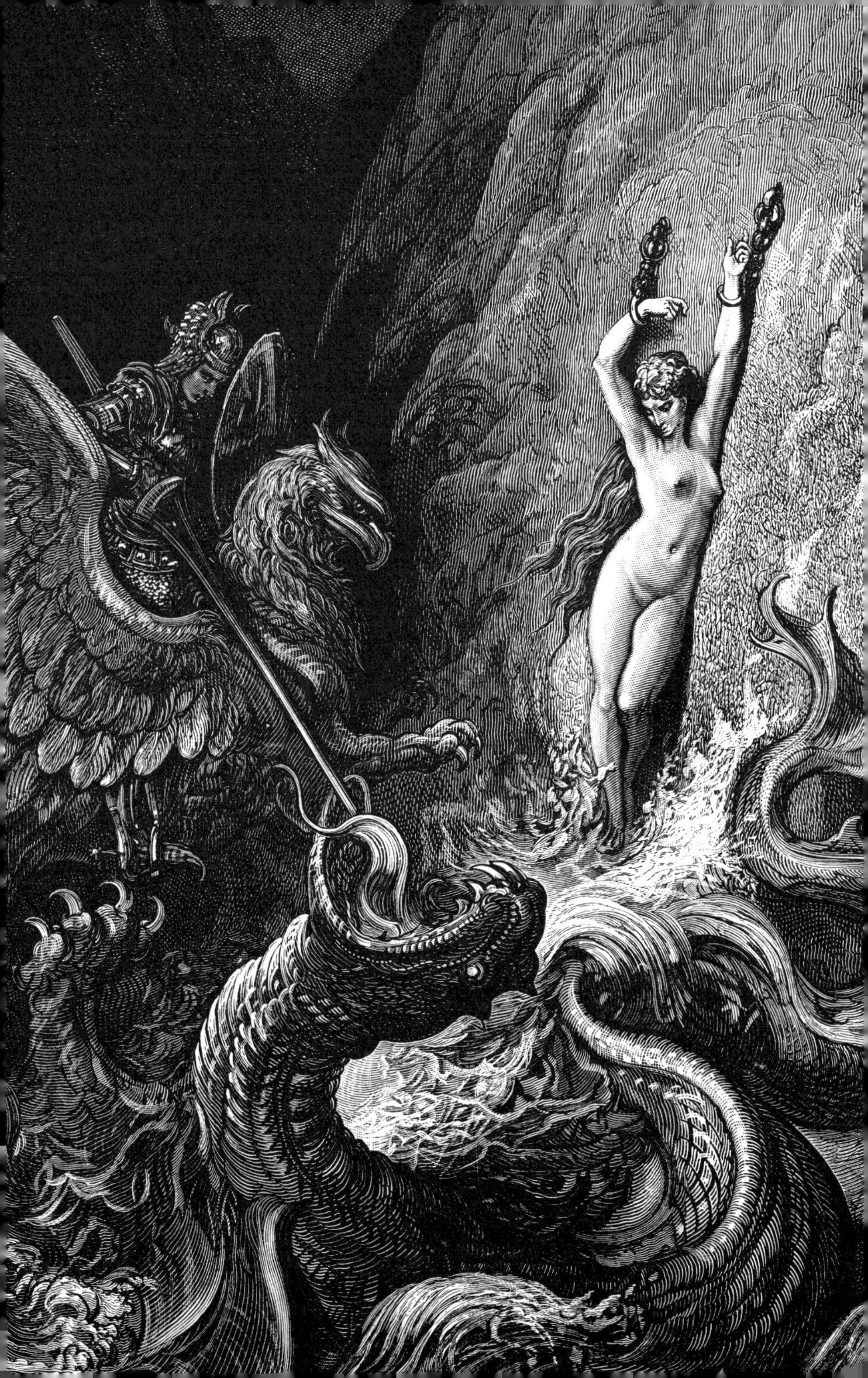

と、隙間から若い女が現われた。ギュスターヴは彼女が誰かすぐに分かった。
　死神の狂った妹デメンティアだったが、今回は沈没船『アヴァンチュール号』上にいたときのようなだらしない様子には見えなかった。髪は入念に結わえられており、顔はもう狂気でひきつってはいなかったし、表情も親切で好意にあふれていた。
　「あら、ギュスターヴ！」と彼女は叫んだ。「あんたなのね！　お入りなさい！」
　「溺れているときはいつもこんな具合なのさ」とクラゲが囀（さえず）るように言った。「少々の精神攪乱、愛しいデメンティアのかすかな出現、美しいクラゲの群れ、なだらかなメロディー――こういったもので死の過程があまり苦痛にならなくなるのさ、トララー！」
　デメンティアがにっこり微笑すると、ギュスターヴは彼女の招きに従いたいという願望に抗しきれなくなった。
　「死神の精神分裂の妹を軽蔑してはいけないよ」とクラゲが囁いた。「彼女はあんたを最悪なことから護ることができるんだ。溺れ死ぬのはもっとも不快な死に方の一つと言われているんだ」。
　ところがそのとき、ギュスターヴはデメンティアの組み紐で飾った髪の毛の上のほうで、死神の骨ばった顔が蒼白い月みたいに浮遊しているのに気づいた。突然疲れはすっかり吹っ飛び、ギュスターヴは両目をぱちっと開けて叫んだ、「いやだ！　俺はまだその時機じゃない！　僅か12歳なんだぞ！」この言葉はヘルメットから大きな空気の泡みたいに、海面に跳ね上がり、そこでとうとう誰にも訊かれないままはじけてしまった。
　ギュスターヴが荒々しくもがいたため、周囲の海水が泡立った。さっきまではあれほど優美だったクラゲの動きも今や狂ったようになり、ぎこちなく見えた。あちこちとよろめいて、その触手はもつれ、ガラスのような体はみな不格好になってしまった。
　「グェー！」と不満そうに喉を鳴らし、触手の塊の中に身を隠して、クラゲは暗緑色の深みの中へと滑り込んでしまった。
　ギュスターヴは武具を外そうともがいた。締め金や革帯を振りほどくと、

とうとう胸当てが現われた。この金具から滑り出ると、腕当てを外し、天を見上げた。すると大蛇が相変わらず自軸の回りを渦巻きをつくりながら激しく回転していた。まさしく、獲物をずたずたに引き裂こうとするワニみたいだった。数メートルもの炎を絶えず吐き出しており、海水を沸き立たせていた。ギュスターヴが渦から姿を現わしたなら、むさぼり食われるか、鉤爪で引き裂かれるか、焼死させられるか、生きたまま茹でられるところだったろう。龍は血に飢えていたのだ。

だからギュスターヴは全力で至急、海面上に浮かび出たいという衝動をくい止めた。代わりに、かがんで剣を探し、鞘から引き抜き、両手で頭上に剣を掲げた。それから、膝をかがめながら海底から全力で離れた。上に飛び出したありさまは、獲物に銛を打ち込もうとするメカジキさながらだった。剣は龍の広い下腹部に深くくい込んだ。その巨大怪獣はさらに猛烈な痙攣に陥り、耳をつんざく咆哮を発した。周囲の海は真っ赤に染まっていった。

「龍のジュースだ」とギュスターヴは思いながら、とうとう海面に浮かび出た。「アー！」と言いながら、酸素をむさぼり吸った。海水はいまだあちこちで沸騰しながら、蒸気を出し、シュッシュッと泡立っていた。ギュスターヴはその場しのぎに、当てもなく体をばたつかせた。頭上の空中では、グリュプスがリズミカルに翼を羽ばたき続けていた。

「わしは事態が好転していくことをずっと望んでいたんだ」とグリュプスが叫んだ。「それとも、わしの言葉が偽善っぽく聞こえるかい？」

「よく言うよな！」とギュスターヴが言い返した。「これはみな、きみの罠だったんだ！　せめて俺をここから引っぱり出してくれないかい！」

「そんなことをする義務はないはずだが、それでもやってみよう」とグリュプスは注意を促してから、降下してきて、ギュスターヴの両肩を摑み、海水から引っ張り出した。

「きみはもちろんわしを信じないだろうが、こうしてやったのもより悪い運命からきみを救ってやりたかったからに過ぎぬ。もう数分たったら、きみは海底に再びもどりたくなっただろう。」

「ばか話は止せ！」とギュスターヴはあえいだ。「どういう意味かい？」

38　夜間の爆走

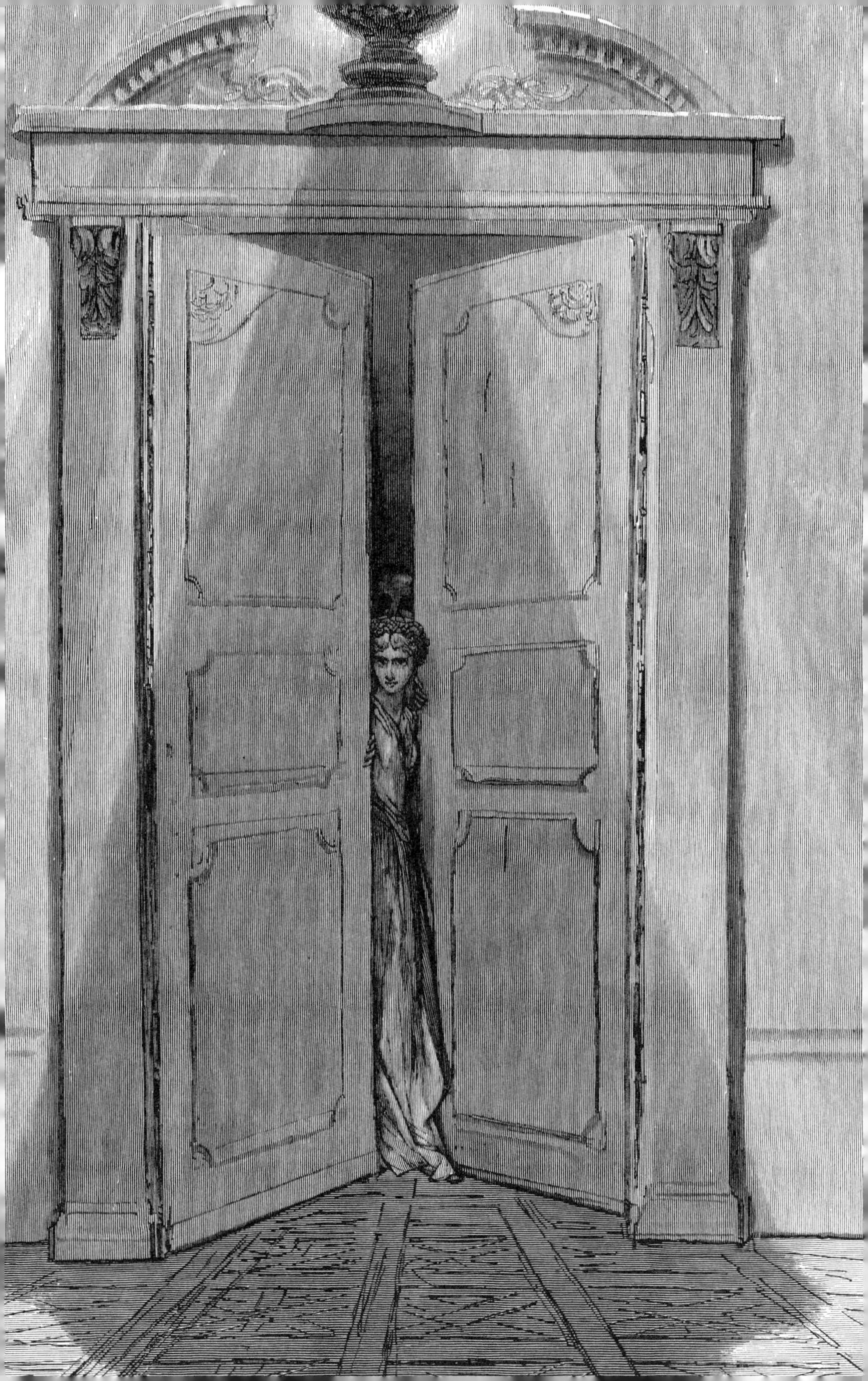

「すでに言いきかせたぞ。龍との闘いは課題の楽しい一部なのさ。」
　ギュスターヴはこれ以上、グリュプスのお喋りに聴き入ることを拒否した。「俺をあの岩の上に降ろしてくれ、そうしたらあの少女を鎖から解放してやれる」と命じた。
　グリュプスはため息とともに、しずくをたらしているこの若者を囚われの少女の足許に置いた。
　ギュスターヴは初めて、間近から少女を見つめた。その毛髪は金のようにカールして腰にまで垂れ下がっており、顔だちは超自然的な純真さをただよわせていた——そう、まさしく大理石の古代ギリシャの立像みたいだった。彼女のヌード姿はギュスターヴの理想的な美観とぴたり合致していたから……でも、目を閉じないではおれなかった。ある感情に圧倒されて、無防備な少女をこれ以上厚かましく眺めることがはばかられたのだった。
　ギュスターヴは生涯で初めて恋に陥った。そしてどの人間にもたった一度与えられるこの感動は、彼がこれまで味わったいずれの感情にも比べられないものだった。
　やっともう一度見上げてみた。少女の淡青色の目はひどく謎めいていたので、彼はすぐにはそれを解釈できなかった。感謝？（きっと感動のせいで彼女は口がきけなかったのだろう。）臆病？（彼女は彼の目を見つめることができないようだった。）永遠の愛？（彼女の神がかりの視線ははるか遠い未来を見つめているようだった。）
　「この少年は爆発するに違いないと思ったわ」と少女はとうとう、冷たくて身を切るような声で言った。ギュスターヴのことは完全に無視していた。実際、彼女は彼の後ろではためくグリュプスに注視していたのだった。
　「この愚行はどういう意味？」と彼女は続けた。「わたしのペットの龍は死んだわ。誰がその代わりをくれるの？　私は一日中、ここで引き波のとばっちりにさらされたまま、吊るされているのよ。わたしの皮膚はすっかりひ弱になってしまったから、日焼けしても驚かないでしょうよ」。彼女は鎖からやすやすと脱して、裸体を波うつ長髪で覆った。
　「あんたは賠償させられるだろう」とグリュプスは上から冷たく言った。

「事件の展開は予見できないものだった。わしにはどうしようもない。死神の召使いなものでね」。

「まさかわたしたちだけで終わりじゃないわね？」と少女は薄笑いした。そしてギュスターヴをもう一度見やることもしないで、岩礁に軽々とはい上がり始めた。

ギュスターヴの心は引き裂かれた。ぴたり同じ二つの部分に分かれた——美少女にもうどうしようもなく属している部分と、彼本人に残っている部分とに。冷たい発作が彼の胸をよぎった。それはこれまでに味わった、どの身体的苦痛よりもひどいものだった。

グリュプスが降下してきて、ギュスターヴの肩に一つの翼を置いた。「きみに言っただろうが。この世には龍どもよりもひどいことがあるんだ」と言うのだった。「たとえば、恋に陥ることとか」。

ギュスターヴが悲しみの少女たちの島から遠くグリュプスによって運ばれている間中、彼は死後硬直（rigor mortis）の状態にあった。グリュプスの肩の上で、石膏のように白く、うつろな目つきをしたまま、吹きつける冷風にも気づかずにじっとまたがっていたのだ。しかも、彼はほとんど衣服を身につけておらず、髪の毛はいまだ海水に濡れたままだった。

　「きみの今の状態なら死神に歓迎されるだろうぜ」とグリュプスは、ときおり同行者に気配りの一瞥を向けて、彼を元気づけようとした。もしグリュプスがいなかったとしたら、ギュスターヴはきっと少女の岩礁の上に取り残されたまま、絶望でやつれはてて、しかもそこを通りかかった次の龍にむさぼり食われていただろう。ところでグリュプスはとうとう彼を説き伏せて、自分の背にまたがり、次の課題の場所に運んでもらうのが賢明だぞ、と説き伏せたのだった。その場所でなら、ギュスターヴにはきっと新しい衣服や装備や彼が旅するのにふさわしい輸送手段も見つかるに違いなかった。

　両者はほとんど不動の海の上をすばやく飛んで、あまり離れていない半島に到達した。ギュスターヴは上空から、この半島が厚い森で覆われていること、内部には荒涼たる山岳地帯が突出していることを見てとれた。グリュプスは低空を飛び、土地の舌の先に着地した。ギュスターヴはグリュプスから降りて、これからの道程に関する指示をぼんやりと聴き入った。

　「ここから先は陸地伝いで行くがよい。この辺を飛ぶことはできないからね。でも、わしは徒歩で旅するようにはつくられていない。あんたは地上のこの森が悪鬼やほかの恐ろしい生物がいっぱい生息しているのに、上の空のほうがもっと危険だとされているのは、いったいどうしてなのか、といぶかることだろう……。」

　ギュスターヴがこの点を追求しなかったので、グリュプスは話し始めた、「なぜか説明しよう。ここの上空の空間は恐ろしい危険でいっぱいなんだ！別次元に導くと言われる空の穴があるんだ。この領域の上の霊妙な大洋には、飛ぶ龍やほかの有害な生物が住みついているんだ」。

　「いや、ぼくにはそんなものは何も見えない」とギュスターヴは無感動に

言った。

「でもどうして？　梢(こずえ)の上で震えているあの空気は見えるかい？」

ギュスターヴはうなずいた。「暑い、それだけだ——絶えず太陽光線に熱せられているんだもの」。

「そんなこと信じるな！　奴らは風神(アイオロス)の剃刀(かみそり)なんだ。ガラスみたいに、透明でほとんど見えないが、剃刀のように鋭利なんだ。あんたがスライスされた後で初めて、それらに気づくよ。」

神話に出てくるような獣のお喋りに、ギュスターヴはうんざりしてきた。

「あんたはここでしばらく休んでよい」とグリュプスが続けた。「あんたの新しい旅仲間があんたの装備を持って到着する。間もなくここに姿を現わすだろうよ」。こう言いながら、グリュプスは空中に舞い上がった。「あんたの恋患いだが」となおも付け加えた、「それも消え失せるだろう。あんたの初恋が目下ひどくつらいのも、いかにそれが素敵だったかをより早く忘れるためなんだ。差し当たってはあまりたいして慰めには思われないだろうが、でもわしを信じなさい。そのとおりになるから」。

ギュスターヴは地上に落下し、草の上でくつろぎ、深くため息をつき、ただちに眠り込んでしまった。

44　夜間の爆走

ギュスターヴは蹄が地面をかく音で目覚めた。目を開け、眠たげに頭を上げた。最初に垣間見えたのは、ぼんやりと震えている姿で、四つ脚と人の胴体をしていた。またしても神話上の生物か？　ケンタウロスか？

　ギュスターヴが目を凝らしてみると、映像がはっきりしてきた。森から跑足で駆けてくる素敵な銀灰色の馬はひとりの騎士を乗せていた。この騎士は甲の面頰を閉ざし、黒いぞっとさせるような武具をまとっていて、右手では木製の長槍を突き出し、左手では大釘を打ちつけた鎖つき鉄球を握っていた。

　騎士は槍を突き立て、咳払いして声をはっきりさせた。

　「最後の課題の支度をせよ！」とギュスターヴに叫んだ。彼はやっと起き上がろうとしているところだった。相手の声は深く、金属的で、さながら武具が喋っているかのようにガタガタと響いた。

　「何を言わんとしているのだろう —— 俺の最後の課題とは？」とギュスターヴは考えながら、当惑した。「しかも、なぜ騎士が？」騎士との戦闘のことは何も聞かされていなかったのだ。ゆっくりと両脚で立ち上がり、背中にくっついていた土くれや葉っぱを拭い去り、そのときになって初めて自分がごく僅かしか身につけていないことに気づいた。

　ギュスターヴは理性に訴えることにより、事情をすっきりさせることにした。この騎士は新たな旅仲間であることは疑いなかったが、間違った指示を与えられていたことは明白だった。誰かがきっとへまをしでかしたのだ。さもなくば、この黒づくめの人物は歓迎の挨拶に冗談をしかけようとたくらんだのであろう。

　「これこのとおり……」とギュスターヴは始めたのだが、戦士のほうは戦闘態勢を取り、馬に拍車をかけて彼のほうに突進してきた。そして、鎖つき鉄球を彼の頭の周辺に振り回してヒューヒューと空気を震わせた。土埃が上がり、草のかたまりが飛び、森の地表が軍馬の蹄に合わせて震えるのだった。

　ギュスターヴは状況にかなった反応をしようとして、剣に手を伸ばした。だが、もう剣はそこにはなかった。海底に横たわったままの不幸な龍の腹の

夜間の爆走

中に突き刺さっていたのだ。
　「わしは死神の召使いだ！」と黒服の騎士はうなり声を上げながら、軍馬の脇腹に再び拍車をかけた。
　「これは驚くことではない」とギュスターヴは小声で呟きながら、何か対策を探し求めて周辺を死に物狂いに調べてみた。
　鎖つき鉄球のヒューヒュー音と蹄の響きが混ぜ合わさって恐ろしい轟音となり、馬が近くに迫るにつれてそれがますます大きくなってきた。騎士の発した荘厳な音はおそらく多くの戦闘で、うなり声と雄叫びとの入り混じり合いとしてきっと役だってきたに違いなかった。その効果はギュスターヴに及ばずにはおかなかったし、彼はとうとう逃亡に救いを求める決意をしたのだった。近くの森にダッシュすれば、そこでは馬は追ってこられなくなろうし、騎士も重装備で困難に陥ることだろう。けれどもギュスターヴは動けなかった。彼の両脚が地面にくい込んでしまったようで、ほんの1センチメートルも動かせなかったのだ。
　見降ろしてみると、踝に2本の蔓が巻きついていた。しかも普通の蔓ではなかった。周囲の植物と同じく緑青色をしていたのだが、小さな妖精の顔つきと、愛らしいが筋肉質の体つきをしており、頑丈そうな手と腕を持っていた。腰から下は地面の中にくい込んでおり、小さな帽子には上向きの萼がついていた。
　この植物の一本がか細い声で呼びかけた。「退かないで！」
　「そうとも！」ともう一本が嘲笑った。「運命に身を任せな！」
　「悪霊の森だ」とギュスターヴはふと思った。「もうそのど真ん中に入り込んだんだ」。
　彼は頑固な小妖精たちから逃れようとしたのだが、信じ難いような力でしがみついて離れようとしなかった。
　「この辺で最後に何かが起きるぞ！」と一本が満足げにしゃがれ声をだした。
　「きみを逃してやろうとしている、と錯覚するなよ！」ともう一本が脅した。「きみの血の色が見たいもんだ！」
　ギュスターヴが再び騎士を見やると、もうほんの少しだけ遠ざかっていた。

その金属的なうなり声は悲鳴になり、馬の鼻面からは泡が吹き出ていた。
　ギュスターヴには、運命に屈する以外に選択肢はないように見えた。ひざまずいて、両手で頭を守りながら、騎士がギャロップで接近してくるのをじっと見つめていた。
　ギュスターヴは諦めて、次の事件展開に身を任せた――（a）槍が彼の胸を轟音とともに貫くだろう。（b）馬も騎士も彼の上にのしかかり、体の中の骨をこっぱみじんにするだろう。（c）それから、その黒衣の騎士はやりたければ、鎖つき鉄球で彼の肩から頭を引き裂くこともできよう。以上は彼のさし迫った将来の真に現実的な見つもりだった――少なくとも意地悪な小妖精たちが彼の両足にくっつき続け、放す兆しがまったくないかぎりは。
「きみは死んだんだ！」と一方が叫んだ。
「さあ、きみの魂にいとまを告げるがよいぞ！」ともう一方が嘲笑った。
　ところが現実に起きたのは、軍馬が突如減速したように見えたことだ。より厳密に言うと、馬も騎手もすべての動作が、まるで誰かに制御されて時を刻むかのように間のびしたように見えたのだ。
　黒衣の騎士の声はトロンボーンの最低音みたいに不自然に低くなった。彼の防具を着けた左手は鎖つき鉄球を振り回していたのだが、それが腕から外れて、この武器の勢いで空中に駆り立てられたみたいに、森の中へと飛び去ってしまった。放り出された鉄球はその大釘をカバの木の幹に埋め込み、防具を着けた拳はチンチンと音を立てる鎖の先で前後に重そうに揺れた。ギュスターヴはぎょっとして眺めていた。騎士は右手も抜け落ちて、こうして開いた穴から、武具の内部を見ることができた――中は空っぽだった。騎士の左脚も外れて、斜めに横倒しになり、鐙で傍らにひきずられていた。残った左腕もほかの脚と同じく飛び去った。ヘルメットも落下しており、ほかのすべてのものと同じく空っぽだった。そのとき、残りの武具が地上に落ちてつぶれた。残ったものといえば、馬だけであって、それは頭を後ろ向きにして蹄を地中にくい込ませていた。この動物が数センチメートル離れた所に滑り込んで停止したとき、ギュスターヴの耳には大きな土の塊が飛び過ぎた。

夜間の爆走　47

そのとき彼は目が覚めた。依然として横たわったままの場所は、グリュプスが立ち去ってからへたりこんだところだった。傍らに立っていた馬は悪夢で見た傲慢な軍馬にはちっとも似ていなかった。ひどく痩せており、駿馬どころではなかった。蹄でこすりつけたり、鼻を鳴らしたり、苛々して動いたり止まったりしていた。
　「おはよう！」と痩せ馬が言った。
　ギュスターヴは話す馬に出くわしてびっくりしたが、これまでの出来事に照らして、話せる動物がたいしたことではなかったから、いまだ眠気でぼうっとしながらも、応えて言った。「おはよう」。
　「ぼくの名はパンチョだ！」と馬が自己紹介した。「パンチョ・サンサだよ」。
　「パンチョ・サンサだと？　何てばかげた名前だ！　でも、なぜか聞き馴れたように思うのだが」とギュスターヴは思った。それでも、今度は自分が自己紹介するのが礼儀のように思われた。
　「俺の名はギュスターヴ……。」
　「……ドレだ」と馬が口をはさんだ。「そうさ、知っているんだ。これからはあんたの道中仲間になる。残念ながら、あんたの新しい武具をあそこの森の中でなくしてしまった。下生えが厚くて背中から落っこちたんだ。あちこち破片が転がっている場所を教えてあげる。そうしたらあんたは金物類を身につけられるし、それからぼくたちは出かけて行って、ここらの森の悪霊どもに一泡吹かせようよ……いいかい？」

パンチョがギュスターヴを背に乗せて緑の牧草地を跑歩（だくあし）で横切ると、その蹄のじゃまする音にはっと驚いて、殊勝な鹿の群れが逃げ出した。ギュスターヴはまたしても重装備をしていた。彼の装具は夢の中に現われた騎士のような、黒くてぞっとするようなものではなくて、彼が以前に着用していたものと同じ、見事に浮き彫りされた銀でできていた。

　珍しい羽根をした鳥の群れが憤慨の囀りとともにさっと飛び上がり、枝や蔓のからまりの間に姿を隠した。クモの巣が空中に漂い、か細い縄梯子を形づくっており、その上を伝って消えかかっていたかすかな光が夕空へと登りつつあった。ホタル——かそれとも鬼火だったか？——が踊り出し、多色のくねくねした線を描いて空を満たしていた。

　「これは魔法の森に違いない」とギュスターヴが言った。

　「森からぼくが何を手に入れようとしているか分かるかい？」とパンチョが訊いた。「鳥肌が立つよ！　イエッサー、ぼくは大草原に似たものより以上のものなのさ。広漠たる空間、野原、牧草地、砂漠……長くて真っすぐなら、道路でもあるんだぞ。でも、森はどんづまりさ。山もひどいが、森は……」。

　「シーッ」とギュスターヴがたしなめた。「聞こえたかい？」

　パンチョは警告の鼻息を鳴らした。「何がどうしたの？」

　「いや、何でもない」とギュスターヴがつぶやいた。「何かが聞こえた気がした、それだけさ」。

　かすかな歌声が、ぱちぱちしたり、かさかさしたりする物音と入り混じりながら、森の空気に浸透してきた。ときおり、どんぐりや小枝がギュスターヴのヘルメットの上に落下した。誰かがわざと彼をつついているみたいだった。

　「あんたの言うとおりだ」とパンチョが囁いた。「この森は魔法をかけられているよ」。

　どうみてもギュスターヴには、両名がずっと干上がった河床に沿って、しばらく進んできたように思われた。地面は大きな、なめらかな小石が散らかっており、人の背丈ほどの土手は両側とも草や葉が生い茂っていたし、曲が

りくねった通路は急カーブを刻んでいた。樹木はかなり古かったが、だんだん密集してきた。オークの木は密接してグロテスクに茂っており、重たい枝を絡ませ合って、夕日を暗く遮っていた。ほどなく旅する両名は底知れぬ葉っぱの天蓋ですっぽり頭上を覆われてしまった。

ある種の不吉な予感を覚えながら前進してゆくと、河床でもう一曲がりしたところで、見たこともないはっとする光景が眼前に開けた。前方のオークの巨木の下に一人の老婆が座っていたのだ。

周囲の地面からねじりでている根が、いつでも脆（もろ）い老婆を包みこんだり、地下のどこか妖精界に引っぱり込めそうに見えたのだが、それでも老婆はこの魔法の森を少しも怖れているようには見えなかった。

彼女は膝の上で両手を組み、しっかりと虚空を見つめていた。くぼんだ頬をし、頭上に小さな冠をかぶり、ゆったりした黒マントを着ていて、飢死を待つように森の奥に追放された廃位女王みたいに見えた。彼女の上手では、一羽のフクロウが木の根にとまっており、彼女の気味悪い目つきを模倣しているかに見えた。

ギュスターヴとパンチョは老婆の傍らをゆっくりゆっくりと通り過ぎ、彼女を驚かさないようにしたのだが、両名には気づかず、別の陰気な次元でも眺めているかのように、見て見ぬふりをするのだった。

次のカーブを曲がって、この奇妙な老婆を見失いかけたとき、ギュスターヴが馬を止めた。

「どうかしたの？」とパンチョが囁いた。「進もうよ。あの老婆は狂っている！　ああいう連中はトラブルのもとでしかないんだから」。

「俺には分からん」とギュスターヴは口ごもった。「でも何となく顔なじみなような気がするのだ」。

こう言って手綱を力いっぱい引っ張り、パンチョを旋回させ、老婆のほうに引き返した。

「自己紹介させてください」と切り出した。「ギュスターヴ・ドレです」。

「えっ？」老婆はこの礼儀正しい言葉に明らかに戸惑ったようだった。うつろな表情はうろたえに変わった。手招きして、途中で急に止めさせよう

した。
　「ドレです」とギュスターヴは礼儀正しく反復し、いくぶん声を大きくして言った。「ギュスターヴ・ドレです」。
　「なんとまあ！」老婆はうっかりと洩らしてしまった。
　「なんと言われましたか？」
　「ギュスターヴ・ドレ……だ」と彼女は独り言のように言った。「よりによって、あんたとは！」
　彼女は狂ったようにかん高く笑い、「信じられぬ！」「私が必要としたものだ！」といったような何かを呟いてから、衣服から目に見えぬ何かかけらをぬぐった。それから静まったようだった。ギュスターヴをまじまじと見つめて、ぶしつけに尋ねた、「あなたはここで何しているのです？」
　彼の耳には、この質問をしている相手がかなり前からの知己であり、奇妙な辺境の地で今再会した人物ででもあるかのように響いた。それはまた、こんな状況でギュスターヴに出くわして、誰かが嬉しがっているどころではないようにも響いた。
　よく吟味してみて確信できたことは、彼がこの老婆をまったく識らないということだった。──依然として顔馴染みみたいに見えたのだが、以前出会ったことのない人物だということは確かだった。状況が込み入ってはいたのだが、彼としては彼女の質問にできるだけ誠実に答えようと試みた。
　「ぼくは死神のために課題を遂行している途中なのです。それは厄介な仕事なんです。そのためには、この森を横切らなくてはならないのです。あなたはここをよくご存知ですか？」
　すると老婆はやや大袈裟に──ほとんどヒステリックに──笑ったように、ギュスターヴには思えた。
　「あたしが？　この森を？　よくご存知ですかって？」老婆はもう一度高笑いした。あまりにも激しい笑い方だったため、のどが詰まり、咳の発作を起こしたほどだった。それからギュスターヴを品定めした表情は真面目かつ怖かったが、もう前ほど不親切ではなくなって、こう尋ねるのだった、「それで、あんたはどの道をたどればよいか知りたいのかい？」

夜間の爆走　51

ギュスターヴはちょっと考え込んで、「そうして頂ければ助かります」と返事した。
　「あんたの年頃じゃ、自分で決めるべきじゃろうが？」
　ギュスターヴは不意を打たれた。こんな鋭い質問に対する答を用意していなかったからだ。
　「さっさと立ち去りな、坊や！　あたしゃあんたを知らんし、あんたもあたしを知らん。あんたが勝手にあたしを識っていると勘違いしているだけさ。ここから消え失せなさい！」
　ギュスターヴは馬に乗ろうとしながら、なおもこの黒衣の老婆のぶしつけな態度に怯えていて、ふと彼女の最後のことば「どうしてあんたはあたしの顔馴染みだと分かったんかい？　そんなことを話した覚えはないのに」で、急に立ち止まった。
　老婆は彼の視線を避けて、怒りをかろうじて抑えながら、つぶやいた、「畜生！」
　「あなたはいったい何ものなんですか？」とギュスターヴが訊いた。「こんな深い暗闇の森の中でたった独りぼっちで何をなさっているのです？」
　「あたしゃ、まあ……森の魔女さ。森の邪悪な魔女だよ！」と老婆はしわがれた声で応えたのだが、あまり納得がゆくようには思えなかった。その目は空ろにあちこち焦点が定まらず、衣服を持て余し気味にいじくっていた。ギュスターヴの想像では、森の邪悪な魔女はもっと自信があるはずだったのだが。
　「あたいは上機嫌な森の邪悪な魔女と言いたいのだが！」と老婆はすぐつけ加えた。「さっさと足を洗うがよいよ、あたいがあんたを……まあ、イラクサとかそういうものに変える前に」。老婆は目をかっと見開いて、骨ばった指を左右に振った。
　「来なさい、出発だ！」とパンチョが叫んだ。「ここじゃ俺たちは歓迎されていないんだよ」。
　それでもギュスターヴはできるだけ丁寧で親しげに、「あなたを信じない理由なぞないでしょうが？」と訊き返した。「以前にお会いしたこともない

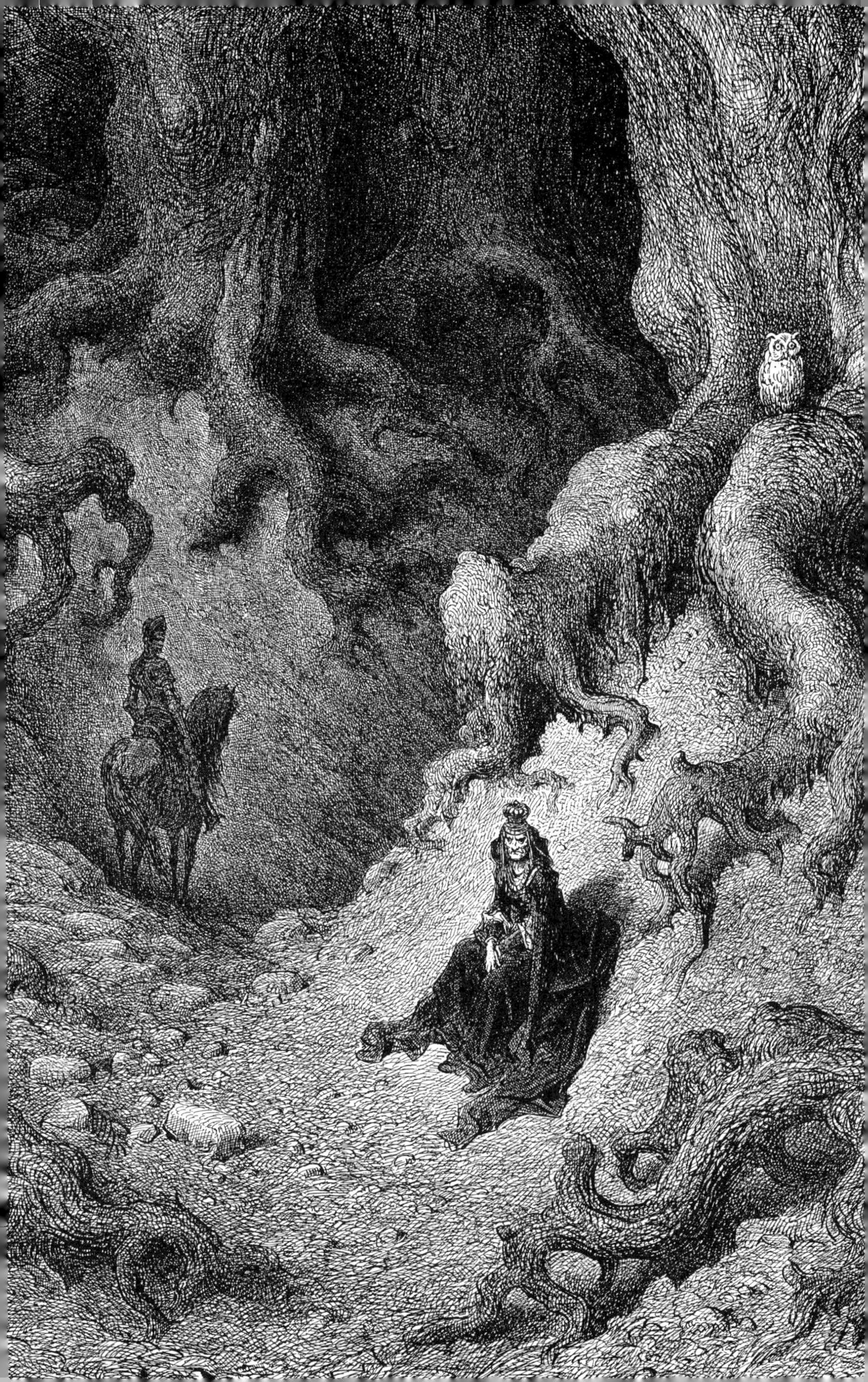

のに、あんたを識っているなぞという感じを抱くわけはないでしょう？　わけがあるなら説明してくれませんか？」

　すると老婆は頭を下げて、衣服をくしゃくしゃにした。「そうとも、説明してやってもよいよ」と言った。ギュスターヴには彼女が顔を赤らめたように見えた。

「ほんとうに？」

「そうとも、してやってもよいよ……」。老婆は頭を上げて、彼の目をじっと見つめた。「でも、あんたは少し後戻りしなくちゃならん。……そうしたら、あんたは後でそのわけが分かるだろうよ」。もう彼女の声には自信のなさはかき消えていて、本当のことを言う用意ができているらしかった。それから、両手を上げ、骨ばった指を広げた。

「それじゃ、こんな場面を想像してみるがよい ── 大きな百貨店、つまり今日日の大都市にあるモダンな建物の一つを。あんたはそこのインフォーメーション・デスクに雇われている。そして、一階のカウンターで、どこに紳士服の売り場があるかを尋ねられるってわけさ。」

　ギュスターヴはうなずいたが、パンチョのほうはばかにするかのように鼻息を荒くした。

「あんたは長らくこの仕事をしていて、この百貨店のことは手の平のように知り尽くしているのだが、近頃変更されている。売り場の階が変わったり、いたるところで建築業者が働き、壁が撤去されて新しいものが造られている。あんたはそこでは、いつものようなすっかり馴染んだ気がしなくなった。ここまでは想像できるかい？」

「はい、もちろん」とギュスターヴ。

「よろしい！」と老婆は続けた。「さて、突然ある日トイレに行かなくてはならなくなるとする」。

「トイレに？」とギュスターヴは困惑して繰り返した。

「ここを抜け出そうよ」とパンチョが囁いた。

「シーッ！」とギュスターヴ。

「それであんたは席を立つ。もちろんトイレへの通路は分かっている ──

夜間の爆走

あんたは客に千回もそこを説明してきた——ところが、今では以前になかった障壁で通路を塞がれている。売り場全体がなくなっていて、あんたはいくども階を移動しなくちゃならん。そして突然……トイレのありかを知らぬという事態に立ち至るのさ。」

ギュスターヴは状況を想像しようと試みた。何やら面白いが、恐ろしくもあった。

「さて、おかしなことが起きる。折しも百貨店のオーナー——あんたのボス！——が近づいて来て、トイレへの行き方を尋ねる。」

老婆はポーズを置いて、ギュスターヴをまじまじと凝視した。「いいかい？　あたいらが今ここに陥っているのもまったく同じ状況なんだよ」。

「グワァーッ！」とフクロウが叫んだ。

ギュスターヴは老婆の目を見たのだが、何を言おうとしているのかが思い浮かばなかった。パンチョは苛々して物音を立てた。

「分かったかい？」と老婆がしゃべり続けた。「あたいはあんたの夢の主女なのさ！」

ギュスターヴは疑いの余地なくまごついたのだが、逆にパンチョは哄笑に近いいななきを爆発させた。

「夢の主女ですか？」とギュスターヴは相変わらず礼儀正しく訊いた。パンチョがどうやら正しいようだった。この老婆は気が狂っていたのだ。それでも、彼は何とか会話を終わらせるのにふさわしい方途を探し求めた。

「そればかりか、あたしはあんただけの夢の主女なのさ！」

ギュスターヴは自分自身の夢の主女について、やや異なる考え方をしていた。金髪でかなり若く、厳密には龍から彼が"救出した"あの少女と同じ姿を思い描いていた。

彼は胸に小さな氷が刺し込むような痛みを感じた。

老婆がため息をついた。「お聴き、坊や。誰でも夢を通して導かれるんだ。男たちは夢の主女を、女たちは夢の主子を抱いている。そう呼ばれている——あたしがでっち上げたわけじゃないんだ。個人的には大袈裟で不適切な定義づけだと思っている。あたしとしては夢のコンサルタントが好ましい

56　夜間の爆走

な」。

　老婆は咳払いして声をはっきりさせた。

　「あたしがあんたにひどく馴染み深く見えるのはそういうわけさ。互いによく出会ってきたのだが、いつも姿を変えてきた。ルールがあって、夢ごとに姿を変えることになっているんだ。今回はこういうばかげた身なりをしているのさ」。彼女は重い衣を着用していて、不承不承たくしあげており、小さな王冠をこつこつと叩いた。

　「憶えているかい、夢の中であんたが肉でできた木に登り、その枝には赤ガラスがとまっていたのを？　あのカラスはあたしだったのさ。」

　ギュスターヴは夢をほとんど憶えていたためしがなかったから、もちろん赤ガラスが現われた夢の記憶もなかった。「ちょっと待って」と彼は口をはさんだ。「あなたが語っているのは、これらはすべて夢にすぎぬということなのですか？　森も、あなた本人も、ぼくの馬も……すべて夢なのですか？」

　「ばかな！」とパンチョは鼻を鳴らし、左脚をじりじりしながら踏みつけた。

　老婆がうめいた。

　「あんたが質問したから、あたしは答えたのさ。あたしが道中を続けて行くよう勧めたのに。あんたはここに留まった。あたしが嘘をついた……のに、あんたは本当のことを知りたがった。あたしは魔女である振りまでしたのさ。ほかにあたしに何をして欲しいのだい？」

　「とても信じられません」とギュスターヴ。「すべてのことがあまりにも……真に迫っているからです」。

　「話す馬かい？　魔法にかけられた森かい？　あんたに夢の王女の話をする老婆かい？　あんたはこれらがみな現実だと言うのかい？」老婆は笑わずにはおれなくなって、息が詰まり、またしても咳の発作を起こした。

　「でもこれらが全部現実じゃないとしたら、あなたも存在していないことになりますよ」とギュスターヴが言い返した。

　すると突然、老婆の顔つきが再びこわばった。

　「いいかい、坊や」と彼女は真剣になって言うのだった、「これはあたいがずっと昔から考えてきた問題なのさ——実際、空き時間があればいつもね」。

夜間の爆走

ギュスターヴは論理の立った議論をしようと試みた。
　「じゃ、あなたがぼく自身の夢の王女……または夢のコンサルタントだとして……こんな森の中でいったい何をしているのですか？」
　「困ったことに、あたしは道に迷ったのさ！　トイレがどこだかもう分からないんだ！」老婆は苦笑した。「あんたの夢がどうなることやら、近頃とんと分からんのじゃ。だんだん悪化しているのははっきりしているよ。たぶん、あんたの年齢と関係があるんじゃろう。もうすぐあんたは幼児を卒業するじゃろうて」。
　「ぼくはもうだいぶ前から幼児なぞじゃないです！」ギュスターヴは憤慨して抗議した。「もう12歳です！」
　「うん、うん」と夢の王女は見下げるような態度で言った。「でも、あまり成長するのを焦りなさんな」。そして、自分のしわだらけの両手をさげすんで眺めるのだった。
　「でも、ぼくの年齢とあなたが道に迷ったことがどうかかわっているのです？」とギュスターヴは鋭く問いつめた。
　「知るもんか。あたしは推測できるぐらいじゃよ。とどのつまり、あたしは夢のコンサルタントに過ぎん。しかも、今回初めてこれを生業(なりわい)にすることにしたのさ」。老婆はうなるように言うのだった。「かつてはあんたが夢見てきたのは、ウサギとか両親とか組立てブロックとか、よく遊んできた赤いボールとか、公園のアヒルとかだった。でもこのごろじゃ……とんでもないことに、龍だ！　翼のある怪物だ！　話すクラゲだ！　ヌードの少女だ！……あたしごとき者が当然、あんたの夢に分け入れないのも無理はなかろうて」。
　ギュスターヴは顔が赤らんだ。老婆が悲しみの少女たちの島への自分の冒険をどうして知ったのか？　二人の会話はますます異様さを増しつつあった。
　「よく注意するのじゃ」と夢のコンサルタントが言うのだった。「これから夢がどう動くのかの概要説明をしてあげよう——あたしの知っている限りね。初心者用の夢学短期コースというわけじゃよ」。
　ギュスターヴはうなずいた。
　「あんたは夢の世界をごく単純に、別の国と想像しなくちゃならん。あん

たが夢みているときは、その国を旅しているわけさ。そこを旅していても、実は居場所から少しも動かず、じっとベッドに横たわったままなのだ。夢というものは想像しうるもっとも幻想的な無料旅行さ！……まあ、思ってもみな！……あたいに言わせりゃ、そのためのチケット代を支払わせてもかまうまいて。」

「ちょっと、下らないおしゃべりはやめてくれぬか？」とパンチョが不平がましく言った。「日が暮れる前にやらなければならぬことがまだあるんだから」。

それでも、老婆はパンチョには一切かまわずに続けるのだった。「夢の世界は予想不能な場所なのさ。宇宙でもっとも無秩序な場所なんだ。時間・空間・運命、あと知恵と先見の明、恐怖と欲望がすべて入り混じったごった煮の処女林(ジャングル)なのさ」。老婆は目のつまった格子細工に指を絡ませた。

「一国、ジャングル、百貨店ときて、次はいったい何なのか？」とギュスターヴは考えた。

「周囲に誰かが来て、あんたにときたまチップとか、ほのめかし情報とか、密かなヒントとかを授けてくれれば、大助かりさ。あたしたち夢の王女が存在するのもそのためなんじゃよ。」

「分かりました」とギュスターヴが応じた。

「いいや、あんたは分かっちゃいない！」と老婆は怒声を上げた。「よく聴くんだ！ あたしゃ、話すリンゴとかチーズでできたチキンの格好もとれるのさ。3回咳をするように、あんたに忠告した。チーズのチキンのことは覚えているかい？」

「いいえ」とギュスターヴ。

「よろしい。とにかく、これは専門の夢診断の典型的な一例だったのさ。その夢は悪夢だったのさ。あんたがサイスプディングのプールの中で溺れかけていたとき、あたしはチーズでできたチキンに変装して現われて、あんたに3回咳をするよう勧めたのさ。あんたは睡眠中に咳をし、そのおかげで目覚めたんだよ。」

「憶えていません。」

夜間の爆走　59

「そういう暗い影があたしらの努力には不気味に覆いかぶさっているのさ。忘却の影がね」。老婆はまたしても嘆息した。「あたしら夢のコンサルタントは褒められなくともどうにか切り抜けるすべを学んだのさ」。

「ぼくらもたいていそうしなくてはなりません」とギュスターヴは言い返しながら、こんなコメントを考えついたことを誇らしく感じていた。

「ところで、若いの、あんたがあたしらの仕事をばかにするわけはないんだよ。夢診断はつらくて報われぬ仕事なのさ。見かけはよく無意味に見えるものさ。それに、同じ運命があんたに降りかかるかもしれないとは決して知るまいて。いつかはあんたもそうなるやも知れん。」

「夢の王女が、……ぼくに？」

パンチョは面白がってヒヒンといなないた。

「もちろん、夢の王女じゃなくて、夢の王子がだ。」

「どうやって？」

「誰だって、ある条件を満たす限りは、……夢診断にふけることはできる。第一に、あんたは死なねばならぬ。これはこの仕事を実行するのにもっとも大切な資格なんじゃよ。」

「ちょっと、ちょっと待ってください！」ギュスターヴが叫んだ。「ということは、あなたは死んでいるのですか？」

「確かに死んでいるよ。さもなくば、ここで一緒におしゃべりしてはいないだろうよ。あたしは死んだんだ……ええと、273年前のことじゃよ。ちなみに、あたしら二人は親戚なんだ。あたしは父方の——あんたの祖–祖–祖母なのさ」

ギュスターヴは口を開けて話そうとしたのだが、老婆がそのまえに話し込んできていた。

「あたしは長い充実した人生を生きてから、99歳で死んだんだ。これは夢診断のキャリアにとっては第二の基本的な前提条件さ。あんたは充実した人生を終えていなければならん。不満足な人生を送った人たちは不安定な性格になりがちだし、このためにあたしらの職業には向かなくなるのさ。」

ギュスターヴはうなずいた。

60 夜間の爆走

「満足した人生を享受し、それから夢診断に切り変えること。これが死神とその霊柩車から逃れるための唯一の方法なのさ。」
　「霊柩車のことも知っているんですか？」
　老婆は微笑した。「太陽なくして、人生なし。人生なくして、霊魂なし。霊魂なくして、太陽なし。これぞ宇……の永遠の円環運動なり」。こう言って、老婆は恐怖を装って口の上で片手をパチンと鳴らした。「ワーオ！　もう少しで宇宙の大神秘の一つを暴露するところだったわ！」と大笑いした。
　「誰かが満足した人生を送ったかどうかをどうやって告げられるのです？」とギュスターヴが尋ねた。彼はこれまでこういうばかげた会話に加わったことはなかったのだが、今やそれを楽しみ始めつつあった。
　「言うのは難しいね。最後になって初めて分かるだろうて。長さとか、成功とか、満足とかなどとは無関係なんだよ。あんた自身の生涯を振り返って、それを眼前に —— または場合によっては背後に —— あるものとして見つめなさい。」
　夢のコンサルタントはうすら笑いを浮かべた。
　「人生が満足だったか否かを何で分かるかはあんたに言えない。ただそれを分かることができるだけなのさ。神に見捨てられた死神でさえそれは分かる。そのとき死神は霊柩車とともに、おかしな骨袋を手にして、帰るのさ。」
　するとパンチョが軽く咳払いをしながら口をはさんだ。「あんたら二人のペアはもっと長く続くのかね？　言っておくが、俺たちにはやり遂げねばならぬ課題がまだいくつか残っている、それに……」。
　「そのとおり」とギュスターヴが同意した。会話は当初思っていたよりも興味深くなっていたし、老婆にもう少し質問したかったであろう。彼女が本当に狂っているのか、それとも彼を巧みに手玉に取っているのか、今なお決めかねていたからだ。でも、パンチョは正しかった。彼らには為すべきもっと大事なことがあったのだ。
　「さあ、乗って進まなくちゃ。」
　「承知した」と老婆が言った。
　ギュスターヴは干上がった河床に沿ってもう一度駆け出そうとしながら、

肩越しに呼びかけた、「最後の質問。もしあなたがぼくの夢の中で実際に道に迷ったとしたら……、どうやって脱出するつもりなのですか？」

老婆は笑った。それでギュスターヴは彼女の歯が全部輝く金でできていることに初めて気づいた。

「百貨店のインフォメーション・デスクみたいにやるだろうよ。閉店時間まで待つだろうな。」

「どういう意味ですか？」

「あんたが目覚めるまで待つだろうよ」と老婆が言った。

彼女は服をさすり、冠を直し、そして無表情な目つきに再び返った。フクロウがばかにしたような叫びを発したが、ギュスターヴとパンチョは次のカーブを曲がって、もう視界から消え失せてしまった。

「俺の意見が訊きたいのであれば」とパンチョが言った、「あのばあさんはだいぶ変わっているよ。あのウサギやアヒルの語ったことが分かったのかね？」

　両名はこんもりとした枝が頭上を覆っている干上がった河床伝いに、さらに進んでいた。

　「誰もおまえさんの意見を訊いたりはしないさ」とギュスターヴは言い返したのだが、この意見を考え続けもしたのだった。いや正直なところ、ウサギやアヒルの話を少しも理解してはいなかったのだ。

　「さあ、あんたの課題に集中しなくっちゃ」とパンチョが続けた。「俺もこの呪われた森の出口が気がかりなんだ」。

　「われわれははでに挑戦的に行動しなくちゃいかん」とギュスターヴは口にした。

　「どういう意味かね？」

　「悪霊の森ではずうずうしく行動しなくちゃならんのだ——これはわたしの課題の一部さ。」

　「それなら、歌うことをおすすめするよ」とパンチョが提案した。「敏感な霊には、音楽はふつうに思われている以上にかき乱すものなんだ。あんた、歌える？」

　「うん」とギュスターヴは答えた。彼は実のところかなり歌の才能があったのだ。「うまく歌えるよ」。

　「そいつはまずいな」と馬はいなないた。「あんたは歌え・ない・ほうがましだろうて。なめらかな歌は調子外れの歌には聴こえない。でも、あんたは幸いだ。俺はからっきし歌えないから、課題の一部を引き受けよう」。

　馬が咳払いした。

　「《幽霊の草を食べすぎた馬の歌》を知っているかい？」

　「幽霊の草だと？」

　「そう、意地悪な草さ。かつてそれを牧場で食べたことがあるが、それは別の話だ。まあ、お聴き！　馬の歌はいななくものと決まっているが、俺はこれをあんたのぎこちないことばに訳すよう、最善を尽くしてみるよ。」

夜間の爆走　63

馬は二、三度鼻を鳴らしてから、不調和なバリトン調でバラッドをがなり立てだした。

　　ああ、俺が食った草の根は
　　あの世に根を張っていた。
　　それで今じゃ、脳天がかっかして、
　　魔法がかかった呪文を歌う破目になっちまった。
　　「汝ら、天地にさすらう悪霊どもよ、
　　俺の召喚にみんな一緒に服従せよ、
　　夢もうつつも合体せよ！」
　　光も影もみな入り混じり、
　　俺の目を終わりなき霧の覆いで包むのだ、
　　ほら、暗闇から魂なき、
　　休息なき幽霊どもが浮かんでいる。
　　奴らは嘲りの叫び声をけたたましく
　　響かせながら、大胆不敵にも周りをはね回る。
　　見よ、霧は厚さをいや増し、
　　俺は悪夢に捉われている。
　　ひとりぽっちで佇んでいると、
　　実体なき影がうごめき、
　　脚長のクモどもがせっせと働き、
　　待ち伏せするためのクモの巣を織り、
　　奇怪な顔がしかめ面やら嘲けり面をし、
　　回る目や頭蓋骨が光り輝き、
　　口からはぞっとする金切り声を発し、
　　いつまでも俺の夢につきまとう。
　　もうたくさんだ！　きさまらは隠れ家に戻れ——
　　地下世界に。俺をこんなに悩ますとは
　　不公平だぞ。だから立ち去れ！

これが俺への冷やかしに過ぎんことは分かっておろう。
　しーっ！　立ち去れ！　まさかお前らは耳が聞こえぬのか？
　おさらばじゃ、もうたくさんだ。
　幽霊草は食ってみた。もう何もない、
　だから、今はこのとおりだ。実情は知ってのとおりだ。
　幽霊草は親切な水草で
　おまえらの心を揺らしている──これはおまえらの
　心配や悲しみを払拭するのに欠かせないものさ。
　へい、こんなものをいったいどうしようというのだ？
　俺から去らせてくれぬか！
　そんなもので俺の蹄を引っぱるな！
　助けてくれ、助けてくれ！　俺は沈んで行くところなんだぞ！

「最後の行は韻を踏んでいないぞ」とギュスターヴは苛立ちながら言った。パンチョのひどい狂詩は彼の神経に障り続けるのだった。しかも、馬はなんの断りもなしに急停止したりするのだった。
「俺は歌っているんじゃない！　沈みつつあるんだぞ！」
　パンチョの声はパニックでいっぱいだったし、ギュスターヴとしてはその心の内の奇妙などぎまぎした響きを感じとれた。それで馬の脚を見下ろすと、四本ともべっとりした沼地の中にけづめ毛まで埋まっていた。
「この辺の地面はふかふかみたいだな」とギュスターヴが言った。「むしろ……」。
「何かが俺を引っぱっているんだ！」とパンチョが叫んだ。「引きずり込まれているところなんだ！」
　突然ぐいと引っぱられて、あやうくギュスターヴは鞍から投げ出されるところだった。パンチョは森の地面の中に後ろ足の膝関節まで沈んでしまった。ギュスターヴは跳びのきながらも、手綱を握り締めたままだった。彼が驚いたことに、自分の足は沼地に全然沈まなかった。彼の下の植物のカーペットは固くて乾燥していたのに、パンチョはと言うと、まるで広がる流砂に迷い

込んだみたいに、ますます深く沈みつつあったのだ。
「いったい何事が起きているんだ？」ギュスターヴが叫んだ。
「知るもんか？」パンチョの声は耳をつんざくように鋭かった。「引き上げてくれ！　お願いだ！」さらにぐいっと引っぱられると、パンチョは腹まで沈んでしまった。
「何とかしてくれ！　早く来て！」パンチョの鼻面の周りは大きな泡ぶくができ、目をパニックで白黒させていた。ギュスターヴが手綱をねじり、馬が逃れようと足を蹴ろうとしたが、下からさらにぐいっと強く引きずり込まれてしまった。沼地から突き出ているのはもうパンチョの頭と首だけだった。
「何とかしてくれよ！　掘り出しておくれ！」馬は絶望のいななきを上げた。ギュスターヴはひざまずいて馬の首を沼地から引き上げようと穴を掘ったのだが、それは困難で、深く根を張った状態だった。やっとどけられたのは、少しばかりの干上がった束だけだった。
「地面に呑み込まれちまった」とパンチョが叫んだ。「堪(たま)ったものじゃない！　こんな報いを受けるなんて！　お願いだ、せめて許してくれまいか？」
「許してって？　何のことだ？」とギュスターヴは尋ねながらも、自棄(やけ)になって、またも懸命に手綱を引っ張った。
「俺の役目は悪霊にあんたを引き渡すことだったんだ。あんたの課題は悪霊に飲み込まれないではとても果たせまいよ。」
「何だと？」
「そいつは死神のたくらみさ！　悪霊の森を脱出できた者はいやしない。そんな破目になるのを俺だって考えたこともない。お願い、許しておくれ！」パンチョの目玉は涙であふれた。
最後にぐいっと引っ張られたかと思うと、馬の頭は消え失せ、ギュスターヴの手綱は手から引きちぎられてしまった。地面は小さなうめき声を残してパンチョの上に覆いかぶさった。跡形もなく消え失せてしまったのだった。
ギュスターヴは立ち上がりながらもゆらゆらしたままで、はっきり考えをまとめることもできずにいた。いろいろな出来事にすっかり戸惑っていたのだ。

「パンチョ？」とばかげた呼びかけをした。

森は木枝が風にざわめくかのようにかさかさと音を立てた。以前にギュスターヴが耳にしたことのある囁きやくすくす笑いがまたも一段と大きくなり、前よりもいっそう恐ろしく鳴り響きだした。

森が生きているかに思われた。木枝は激しく動き回り、葉っぱは空中をはね、梢は震え、樹皮は互いにがりがり噛み合った。ギュスターヴはあっという間にありとあらゆる種類の森の悪魔たちの群れに取り囲まれてしまった。四方八方、トカゲの尾をした小人や、角を生やしたフクロウや、嘴(くちばし)のある昆虫や、その他の奇妙なもので囲まれていた。闇の生き物たちがおよそ考えられるあらゆる形を取って、森の深い影から彼のほうに押しかけてきたのである。

ギュスターヴは体をこわばらせ、剣を抜いたのだが、それを上にあげ戦闘態勢をとるのをためらった。

すると、ほとんど人に近い顔つきのコウモリみたいな生き物がギュスターヴの頭上の木の枝から頭をぶらつかせながら、「ヘイ！　あんたはわしらの森の中で、どうして厚かましくもこんな無礼な唄を歌おうとしたのかい？」と腹立ちまぎれに言った。

そこで、ギュスターヴはこの場合には、本当のことを言うのが最善の策だろうと確信した。

「歌ったのはぼくじゃない、馬だったのだ。」

「どの馬が？」とこの翼を持つ生き物が意地悪な質問をした。

「どの馬を指しているかは知っているくせに」とギュスターヴは言いつつも、礼儀正しくても臆病ではないのだぞ、という印象を与えようと努めた。「でもあんたらの注目を引こうと、ことさら努めたことは認めるよ。ぼくは死神と賭けをしたのさ」。そしてほんの少し声を震わせて続けた、「ぼくの課題の一つはあんたらに目につくように行動することなんだ」。

「うん、若いの。うまくやったね。今度はわしらの満場一致の注目を受けられるよ。」

「死神との賭けだと！」みにくい小人が嘲笑いながら、それよりもっとみ

夜間の爆走　　67

にくいブタに乗っかった。「奴は感情に訴えるゆすりに来たのか？　わしらはみないずれ死ななくちゃならんのだもの」。

「まったくだ！」と一本脚で昆虫の触角を持つ鳥が叫んだ。「奴を血の色をしたブナノキに逆さ吊りにして、奴の肝臓をかじってやらなくっちゃ」。

「あんたらも死ななくちゃならないの？」とギュスターヴは大胆にも割り込んだ。

「もちろんさ」と幼児顔の小鬼がわめいた。両腕を広げながら笑って、「誰だってそうに決まっている」

「でも、あんたらは幽霊だよ！　辺獄界(リンボ)の生き物じゃないか。悪鬼が死ななくちゃならないなんて聞いたことがない。」

これを聞いて、不気味な集団は一斉に混乱に陥った。みんなが興奮してぶーぶー言ったり、囁き合ったりした。

「最期の時はいつだったの？」とギュスターヴはいくぶんか落ち着いて尋ねた、「あんたらがこの世を去ったのは？」

しーんと静まり返った。あちこちで嘴や爬虫類の口が大きく開いたのだが、それは啞然として外気を吸うために過ぎなかった。

「まあ……」と一本脚の鳥が声を発した。

「うーん……」と後方のフクロウが加わった。

「そうだな……」とエミュの上にとまった小鬼が口を挟んだ。「誰かが亡くなった最期の時はどうも思い出せぬ。これは認めざるを得んわい」。

「わし個人としては」と木の幹の暗い穴から何かがしゃがれ声で言った、「誰かの葬式なぞまったく思い出せんな」。

「葬式に出席したことなぞ全然ないな」と二足のヒキガエルがつぶやいた。

「葬式って何のこと？」と少し遠くで誰かが訊いた。

「わしには450歳になる曾祖母がいた」と怪しげなバッタがもの思いにふけりながら、コウノトリの嘴をこすって言った、「しかも彼女には今でもピチピチした祖母がいるよ」。

丸パンみたいな大きさの、クモみたいな生き物がギュスターヴに背後からのろのろとはってきて、前脚でしきりに彼の武具をひっかいた。

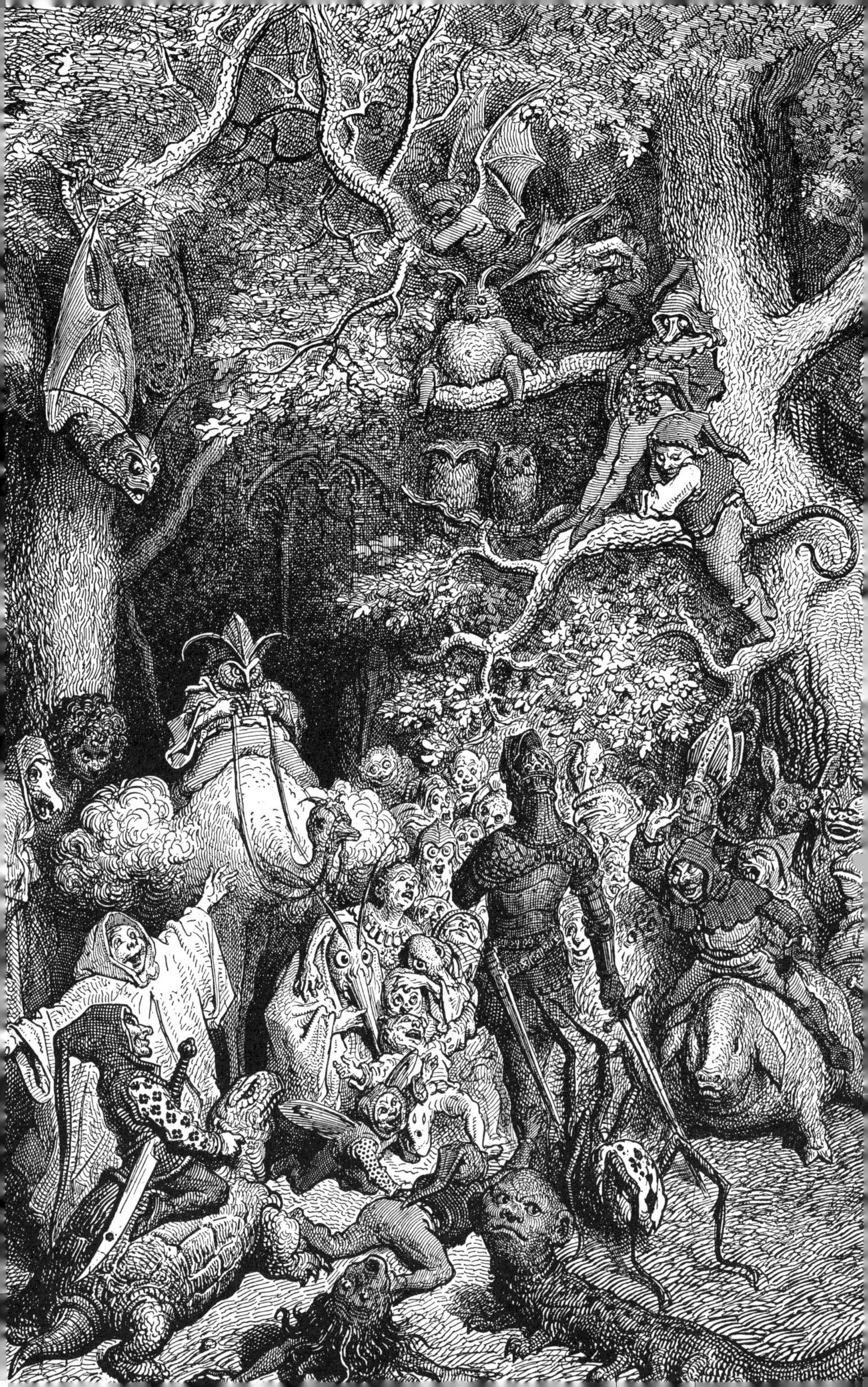

「あんたはひょっとして」とアシ笛のような、あの世の声で囁いた、「わしらが不死身だとでも言いたいのかい？」
　ギュスターヴは自信のある態度がこういう不気味な連中に対処するのには最善の方法だということを悟り始めていた。それで「してみると」と大きな声できっぱりと言った、「あんたらが自分で認めたように、これまでにあんたらの誰ひとりとして死んだことはないのだね。ある者は400歳以上にさえなっていても……」。
　「700歳だ！」とフクロウが抗議した。
　「934歳だ！」と何やらはっきりしない者が不敵な声で不平を言った。
　「およそ2500歳だ！」と多足で小鬼の頭をしたトカゲがほらを吹いた。
　「よろしい、2500歳を超えているんだね」とギュスターヴが続けた。「これこそ不死身の有力な証拠に思えるよ。少なくとも、まあ、楽観的な推測の根拠にはなるね」。
　無気味な集団はしばらく黙って考え込んだ。沈黙を最後に破ったのは、一本脚の鳥だった。
　「そいつは素敵じゃないこと。言わんとしているのは、わしは左の翼にときたま現われる苦痛のことをもうあれこれ悩まないですむということさ。死ぬ運命にないのなら、わしは避けがたい心臓発作に陥ることもないだろうし……。」
　「そいつはわしらすべての生存を輝かせてくれることになろうぜ」とみにくい豚が口を挟んだ。「死ぬという考えとすっかりおさらばできようし、生活の質を100パーセント改善することにもなろうぜ」。
　「この森の中にはびこるいまいましいペシミズムに終止符をうつことになろう」と、その背にまたがった小人が予言した。
　「それは素晴らしい！」とフクロウが叫んだ。「わしらは不死身なんだ！」
　「万歳！」
　「不死身だ！」
　森は歓声や囁きや笑いで満たされた。互いに抱き合ったり、背中や瘤を叩き合ったり、嬉し泣きをしたりの大騒ぎとなった。騒ぎが収まるまでギュス

夜間の爆走　71

ターヴはじっと見守った。
　「よし！」と一本脚の鳥が叫びながら、ギュスターヴの傍らに飛来して、彼の肩で翼を休めた。「この若い衆は恐怖のない生活を送るのを助けに、わしらの森にやってきたんだ。それっ！」
　「ワッショイ！　ワッショイ！　ワッショイ！」と幽霊たちが、陽気に唱和した。
　ギュスターヴはほっと安堵を感じ始めた。
　「さーて」と例の鳥が陽気に続けた、「奴を血色のブナノキに逆さ吊りにして、奴の肝臓をむさぼろうじゃないか！」
　そこでギュスターヴは一歩あとずさりして、頭上に剣を構えた。「連中は闘い合いたがっているのか？　それなら覚悟はあるぞ！」と思った。
　一本脚の鳥がぶしつけに金切り声を上げた。豚はまるでトリュフをバカ食いするかのように、しきりにぶっぶっとうなった。他の連中も奇妙なリズミカルな物音を出した。ギュスターヴにはなんとも、連中の特有の笑い方としか説明がつかないものだった。
　「すまん！」と例の鳥がしわがれ声を出しながら、息を切らした。「すまん、こんな不快な冗談を飛ばすのを止められないのさ。もちろん、あんたの肝臓をむさぼりはしないよ！」
　ギュスターヴは剣を下ろした。
　「わしらは決してそんなことはしない。人の肝臓は毒が詰まっている。わしらはあんたの脳みそしかむさぼりはしないよ！」
　森の開墾地はヒステリックな哄笑で響き渡った。ギュスターヴは再び防御態勢をとった。
　「ヘイ、かかってこい！」鳥はばか笑いしながら叫んだ。「そのへぼ剣を捨てて、くつろぎな！　わしらのお化けのユーモアでも斟酌してみるがよい。わしらはあんたを食べるつもりはない。パーティに招待しているのさ。わしらの客になりなさい！」
　すると、合図でも下されたかのように、恐ろしい生き物たちが一斉にギュスターヴの周りで踊り出した。不気味な歌声を発しながら、気のすすまぬ客

夜間の爆走

人を暗闇の森の中へぐいぐいと引きずり込むのだった。

そ*れ*は少なくともギュスターヴには、実に異常なパーティだった。森の悪魔どもが楽しんでいるやり方は、彼がこれまで出くわしたどの乱痴気騒ぎともすっかり違っていた。グロテスクな気晴らしは林間の小さな草地でお開きになった。豚みたいな生き物たちが森の草地に根づいて、トリュフを周りに放り上げたり、ぶーぶーうなったりし始め、他方、鳥みたいな生き物たちは嘴で互いに羽毛を引きちぎり合い、悪鬼どもは木の幹に頭づきして、鼻が出血するまで呪いの声を発していた。

　泡立つ赤ワイン色の液体でいっぱいの銅の大鍋が、青みがかった火の上に吊るされていた。みんながこの周りで踊ったり、草やイラクサやキノコやトリュフを投げ込んだりした。ビールがごぼごぼと音を立てる泡を発散させており、そのいくつかは表面から離れて、頭上の葉っぱの天蓋に漂って、そこで消え失せた。悪魔の或る者は木の穴とか、ぶ厚い根を枝や石で打ちつけたり、リズミカルな震動音を出したりし、これにほかの悪魔たちも動かされて痙攣を起こすのだった。

　フクロウたちも加わり、低くこもった声でホーホーと鳴き、不気味な歌声が木々の瘤穴から発せられた。あたりを照らしていた千変万化の照明は多色の鬼火によるものであって、この鬼火が空中に酔っ払ったようにくねり、音楽に合わせて照らし出したり消え失せたりしていた。アヒルの脚をし、有頂天の豚みたいな面がまえの地の精が、跳ね回りながら自分の頭に石を打ちつけていた。濃い緑色の煙の帯が、くすぶる草の臭いをぷんぷんさせながら、酒宴の間を浮遊した。ギュスターヴは眺めていて、目まいを覚えるのだった。

　「ほら、あんたも少し飲め！」せむしのカエルが泡だつ赤ビールの詰まった広口コップを突き出した。ギュスターヴは丁寧にお礼を言い、気がすすまないながらも一口飲んだ。たいした味がしなかった――鉄とトマトが入り混じったようなものだったが、ただちに頭に妙な感じがした。

　「うん、おいしい」と彼は嘘をつき、コップの半分を飲み干した。舌は海綿みたいな液体を吸い込み、それが直ちに彼の脳に浸み込んだように思われた。会話のほとんどを交わしてきた一本脚の鳥が彼のほうへ飛んできて、その前で揺れながら停止した。

「どうやら、あんたは立派に課題をやり遂げたようだな」と翼のある地の精が祝って言った。「幽霊でいっぱいの森の中を目につくように動いてきながら……それでもあんたは生きている！　これまでこんなことをやり抜いた者はいない。おめでとう！」地の精は右の翼で赤ビールのコップを持ち上げ、ギュスターヴのために乾杯した。それで彼はお礼として、今度は一口でぐっと飲み干した。
　「ありがとう」と言いながら、彼はげっぷを出しかけた。「まあ、たやすい課題だったね」。
　「次の課題は？」と鳥は言葉をぼかしながら尋ねた。ギュスターヴは相手の焦点の定まらぬ目や、大きく見開かれた瞳から、もうすっかり酔っ払っていることが分かった。「凧に乗るとか、何かそんなことかい？」
　「いや」とギュスターヴは答えた、「六人の巨人の名前を言い当てなくちゃならないんだ」。そう言いながら、笑わずにはおれなかった。課題がばかげていると思われたし、それに赤い飲み物のせいでひどく陽気な状態になって、何ごとであれ、六人の巨人と渡り合う見通しですらも、彼には滑稽に見えたからだ。
　「あんたは大胆な若者だよ」と鳥がぶつぶつ言った。「謎の巨人たちの放牧場に到達しようとする者は、怪物たちの谷を通過しなくちゃならん。あんたの剣が役立とう。使い方を知っているかい？」
　「ぼくはこれで龍を殺したんだ。」
　「あんたには脱帽だよ」と鳥は叫び、仲間を振り返った。「聞いたかい？」と鳥は叫び、仲間を振り返った。「聞いたかい？」と騒音にまさる声をがなり立てた。「この若者は本物の龍を殺したんだとよ」。
　だがほかの森の悪魔たちはますます興奮していき、両者への関心をなくしてしまった。跳ね回り、痙攣したり、うめいたりしながら空中に腕を揺らせたり、地上に巻き上がりながら、きしんだり、草の束を引き剥がしたりした。奇妙なことには、ギュスターヴは悪魔たちを模倣したい、という強い誘惑を覚えたのだった。
　「龍をかい？」と一本脚の鳥は続けた。長い翼でギュスターヴの両肩を覆

って、彼の目をじっとのぞきこんだ。「それに、もしかして……ヌードの少女たちも見たんじゃ?」
　ギュスターヴは心臓に冷たい突きを感じた。
　「そう、確かに見たよ」と答えた。
　「ひゃあー……」鳥は感心して囀った。充血した目をくるくる回し、翼がどこか焦げたかのように振り回した。
　ギュスターヴは話題を変えようとして尋ねた、「怪物たちの谷とか謎の巨人たちの放牧場であんたはいったい何を言いたいの? どうやらあんたがそこへたどり着くすべを知っているみたいだけど」。
　「もうあんたはその途中に居るじゃないか!」と幽霊の鳥は歯をむき出し、もう一度乾杯した。
　「というと?」とギュスターヴは叫びたかったのだが、舌がもう言うことをきかなかった。鳥は彼のぼやけた目には、二重、三重、四重に見え、また、紅色、赤色、紫色とさまざまに、変色していくのだった。
　「先にも言ったとおりだ。あんたはもう道なかばなのさ!」と例の鳥が金切り声を上げた。がらがらした音がギュスターヴの左右の耳に跳ね返った。彼はなぜだか、この音がどこかで聞いたような気がした。それも当然だった! それは荷車が砂利のばりばり跳ねる音や、どこか屋根の上に積んだ荷物が落下する音と入り混じりながら、こちらへと駆けつけて来たからだった。
　荷物か? どういう屋根か? この森の中で? ほら! トランペットだぞ! いや、猟師の角かも。当て推量かも知れぬし、ぴたり正解は見当たらなかった。もっと厳密には、船の霧笛だったのだ! 霧? 船? 悪霊の森の中か? 自分は夢をみていたのか? そのとき鳥笛が聞こえた。しかし、それは鳥ではなかった……駅長のホイッスルだったのだ。
　「あんたもこの物音が聞こえるかい?」とギュスターヴは分別をなくしているのではと怖くなりながら尋ねた。彼の言葉も口ごもりながら発しただけだった。
　鳥は答える前に、またもほくそえんだ。「いいや。でも、あんたが言わんとしていることは分かるよ。あんたが飲んでいるのは旅好きのワインさ!」

鳥がジョッキを差し出したので、ギュスターヴは中をのぞき込んだ。血の渦を眺めているみたいだった。自然法則に反して、その赤黒い液体は泡の渦巻きを成しており、見ただけで彼に目眩を引きおこした。
　「旅好きのワインだって？」と彼が訊き返した。
　「そうとも」と鳥は小声で打ち明けた。「生きることは大荒れの旅なのさ！ 危険で、予見不能で、驚きだらけだ……たとえあんたが肘かけ椅子に座ったまま、そこから動かずじっとしていて生きたとしてもだ」。ここでその生き物はしわがれ声で笑った。「そうとも……そいつは旅好きのワインなのさ！」と続けた。「死神の費用で、特別にあんた用に醸造されたんだ」。
　ギュスターヴが叫んだ、「何だと？　あんたらは死神の召使いなのかい？」
　鳥はジョッキを上げて乾杯した。森のほかの悪魔たちも数名がそれにならった。そして唱和するのだった、「たぶん、わしら全員がというわけでもなかろうよ」。
　「でも、あんたたちは不死身なんだろう？」とギュスターヴが反論した。
　「それがどうしたの？」と、馬は歯を見せて笑った。「わしらが死神のためにあれこれ尽くしていけないわけもあるまい」。
　ギュスターヴはまたも目眩を覚えた。黄色や緑色の鬼火が彼の鼻の前を飛び去りながら、乱れた光の渦巻き模様を結び合わせたため、彼はほとんど斜視になりそうだった。そのとき目を閉じると、すぐさま気分が回復した。あ りゃりゃ！　彼の体は出発しかけている列車のコンパートメントの中で起きるように、ぎくっと引っぱられたのだった。
　彼は速い四頭立て馬車の御者席にでも座っているかのように、涼しい微風が頬に当たった。周囲一面にあったのは、蒸気をいっぱい吹きながら、シュッシュッとトンネルを通過する機関車の金属的な轟き音だった。それから突然つむじ風に呑み込まれてしまい、順風満帆の船の甲板にいるみたいに、帆がばたばたはためくのが聞こえた。
　それでも、彼は目を開ける勇気がなかった。それどころか、目をしっかり閉じたまま、ほかの感覚に頼ったのだった。異国風なさまざまな臭いが鼻腔をつんと打ったみたいだった——シナモン、ナツメグ、コリアンダー、レモ

ングラス、ジャングルの匂い、ランの芳香が。人々が千差万別の言葉で話していたし、東洋音楽、高い調子の歌声、鉄琴、ドラムのリズミカルな音、拍手、足をどんどん踏みつける音——しかも、またしても——丸石の上をがたがたさせる車輪、機関車のシュッシュッ音、帆布のはためき、蹄のかたかた音が聞こえたのだった。

　とうとう彼は目を開けた。

　すると森は消え失せており、それとともに酔っ払った鳥やその恐ろしい仲間も消え失せていた。ギュスターヴは光と闇の荒れ狂う地獄の真ん中にいた。昼夜が一秒間隔で入れ替わり、まるで地球が通常の千倍の速さで回転しているかのようだった。足下には猛烈なスピードで、アスファルトの高速道路、広い大通り、砂利道、小道が曲がりくねって行った。山々や風景全体が——大草原、砂漠、小さく泡立つトウモロコシ畑が——まるで何か巨大な手が地球の周りに彼の頭を逆さまに引きずり込んでいるみたいだった。雲が狂ったリズムで離合集散していた。時間はギュスターヴの内部で静止していながら、かつてないほど猛烈に走り過ぎるかのようだった。気分が悪くなり、目がくらむのを感じた。こんな途方もない視覚に耐えられなくなって、彼は再び目を閉じた。すると、突然前と同じあの引きつけ、鉄の上で鉄をきしる音が起こり、誰かが「ウワッ！」と叫び、とうとう彼は停止させられ、あたりはすっかり静まってしまった。

ギュスターヴは目を開けた。居合わせたのは薄暗い谷間を見降ろす高い岩石の上だった。灰色の雑草が不毛の石の間に生い茂り、しおれた樹木がそそり立つ花崗岩の上にわびしく覆いかぶさり、厚い雲の層が全景の上に覆いのようにアーチを架けていた。太陽はほとんど沈み、影が谷間にこっそり忍び込み始めていた。
　「おやおや」とギュスターヴが叫んだ。「旅好きのワインよ！　何てすばらしい！」彼は思わずげっぷした。
　「お大事に！」と彼の下から或る声がした。
　ギュスターヴが見降ろすと、自分が相方の話す馬パンチョ・サンサの尻に乗っているのだと分かった。「おまえはどうやってここにたどり着いたのかい？」とびっくりして尋ねた。
　「あんたこそどうやってここに？」とパンチョがむっとした調子で鸚鵡返しした。「それがあんたに考えられるすべての言葉なのかい？『ご主人様、ご存命で嬉しいです！』とか、『いったい全体どうやって助かったのですか？』とかと言う代わりにね。ああ、いやだ！」馬は鼻を鳴らして憤った。
　ギュスターヴは恥じいった。もちろん森の中でのこの恐ろしいエピソードの後で、元気なパンチョに再会したのを心から喜んでいたのだ。何とかふさわしい言葉をかけようと試みた。
　「ご主人様、ご存命だとは嬉しいです！」と、彼はやっといくらか機械的に言った。「いったい全体どうやって逃れたのかい？」つくり笑いをして、馬の首を不器用に軽くたたいた。
　「よしなさい！」なおも立腹したまま、パンチョは体をばたつかせた。
　「おい、こら！」とギュスターヴが憤懣をぶちまけた。「誰か感情を害された役を演じる資格があるとしたら、それは自分だぞ。おまえはわたしを森に誘い込み、悪霊に任せてしまったんじゃないか？　そのくせ、わたしに許しまで要求するのかい？」
　するとパンチョは頭を下げて、蹄で居心地悪そうに地面をへこませた。やっと頭を回して、ギュスターヴを大きな忠実そうな目で見つめた。
　「許してくれるかい？」と、彼は低い声で呟いた。

夜間の爆走

返事はなかった。パンチョは困惑気味にいなないた。
「オーケー」とギュスターヴが最後に言った。「許すよ。でも、おまえがどうやってあそこから脱出したのか、語ってくれよ」。
「分かんない」とパンチョがうっかり洩らした。「何やら怖い悪夢みたいだったんだ。わしはだんだん深く沈んでいったんだ。地面はわしの上で閉まっていった。もう窒息するぞとわしは思ったんだが、息をつけられると分かったんだ。そのときからふいに、わしは大砲から発射されたかのように感じたんだ。バーン！　わしは水道管を照らす稲妻みたいに暗闇を突きぬいて打ち上げられ、地面を横断した。ますます高く昇り、するとふと闇がやんだのだ。わしの頭が地面から現われ、続いて首や体全体も現われ出たんだ。そうと分かる前に、わしは大地の上にカムバックしていた。次に起こったことは、わしの尻にまたも座っていることをあんたに気づかせることだったのさ」。
「森では不思議なことが起きるものだ」とギュスターヴは物思いに耽(ふけ)った。
「もう森の中にはいないんだよ」とパンチョが陰気に応えた。「ここは怪物の谷、永遠の黄昏(たそがれ)の国だ。この場所については聞いたことがある。ここじゃ昼は決してこない。黄昏がきて、夜になり、再び黄昏、それから夜だ。昼がこの部分の世界を照らすのを拒んでいる、とのことだ。太陽は通過するのだが、それはただ沈むためだけなのさ」。
　ギュスターヴは谷間を凝視しながら、数々の無気味な影を見分けた。それらは動いているようだったが、遠く離れており、黄昏の中では、それらがいったい何物なのか突きとめられなかった。
「あれらは怪物なのさ」と馬が訊かれもしないのに呟いた。「存在するうちでもっとも恐ろしい怪物なんだ」。
「もっとも恐ろしい怪物はわたしが探し求めているものなんだ」とギュスターヴは言い、パンチョに拍車をかけて丘の上から暗い谷間へと駆け下りた。

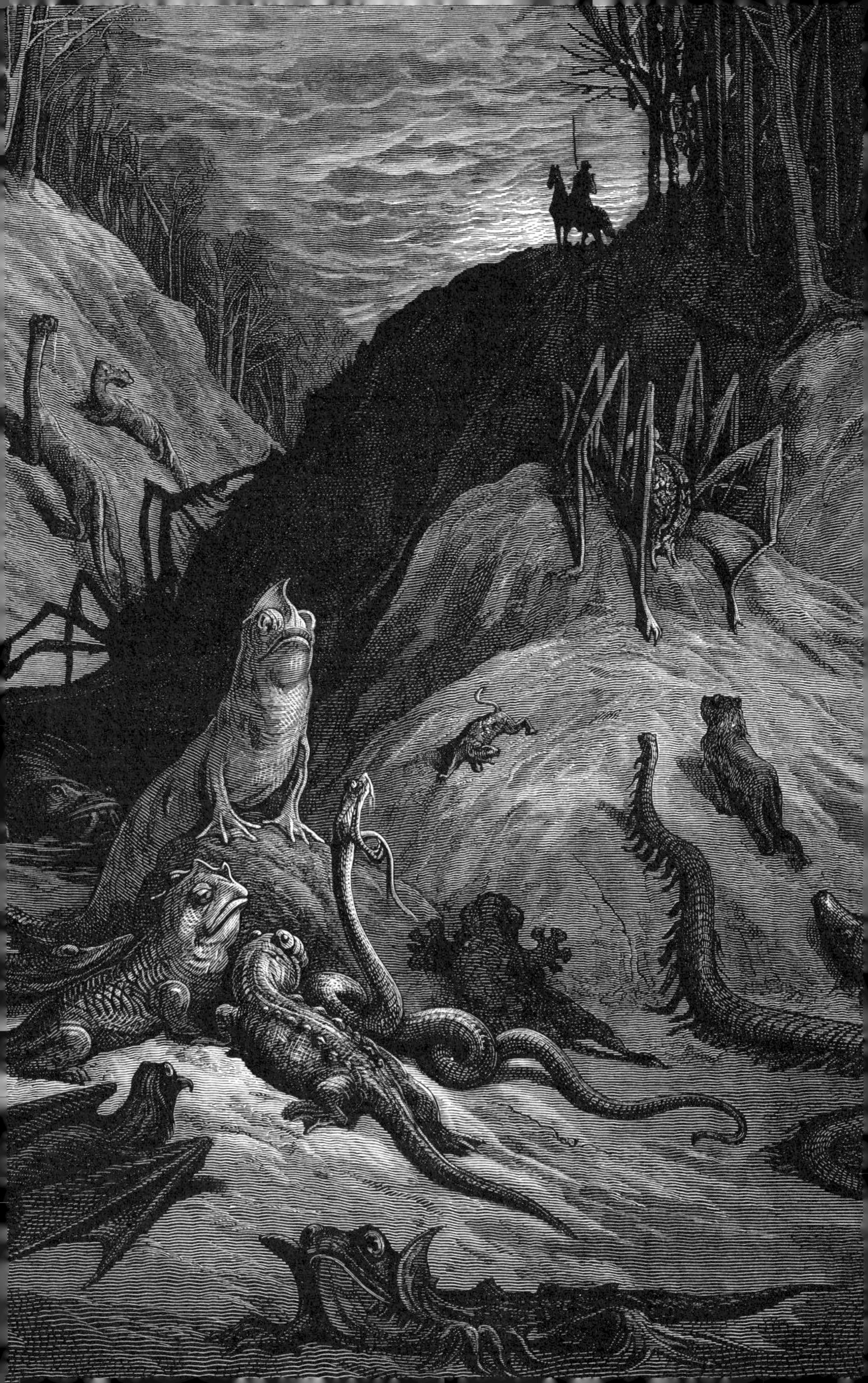

下り坂は少々間延びした。それというのも、パンチョはつまずかぬように足場をゆっくり慎重に選んで、進まなくてはならなかったからだ。その間にも月は上り、夜の雲間から顔をのぞかせていた。不自然な不恰好の灰色の姿をしたもの——目をぎょろつかせているのもいた——が銀色の光が当たると、ぱっと暗闇からたち現われるのだった。そしてきーきー鳴いたり、ぶーぶーなったりしたのだが、またしても情け深い闇に呑み込まれていった。ギュスターヴは道中、何かを大きな丸石とか倒木と勘違いすることもあったが、よくみると黙ってうごめいているのが分かった。脚をふんだんにもつ長くてほっそりした生き物たちが彼の進路を横切って、夜陰の中に姿を消した。

　ギュスターヴには皮のような翼の動き回る音が頭上近くで一度ならず聞こえた。暗黒は囁きやぱちぱちの物音、甲高い囀りや遠吠えで活気づいていた。

　パンチョが心配そうな声でぼそぼそと言いだした、「わしらが不運なら、そうとも知らず全怪物中もっとも恐ろしい奴に出くわすかも知れん。ひょっとして今ごろ山みたいに長大なのが腕の代わりに触手をもち、暗闇でも見える巨大な一つ目をもって、わしらの上に迫ってくるかも分からん。わしらの左右にあの木のでかい幹が見えたろう？　あれは幹なんかじゃない——脚かも知れんぞ！」

　「ちょっと、おまえの空想にブレーキをかけられないか？」とギュスターヴが抗議した。「もう暗闇の中に怪物が潜んでいるのなら、わしらを襲う前にせめて嗅ぎ分けられるとよいのだがなあ」。

　まさにそのとき、厚い雲の層が再び分かれて、両名が広い廃墟の真ん中を駆け抜けていたことに気づいた。四角い大量の石は、ずっと以前に崩落した高い建物の残骸で、立っていた壁の名残だけを残していた。進路は崩れた石で遮られており、パンチョは用心してその間をかき分けて進まねばならなかった。

　蒼白い月光に照らされて、廃墟はさながら浮氷が押し込まれてくっついたかのように見えた。出っ張りの上に止まったフクロウの群れは、大きな丸い目をしており、宇宙の冷たい光の流れが反映していた。

　「どうも、地震でもあったらしいな」とギュスターヴが臆測した。

「いや、怪物のせいじゃなかろうか」とパンチョは脅えて応えた。
　「何か怖い天変地異がここを破壊したとでもいぶかっているのかい？」この陰気な風景の上に響き渡った声は、暗くて悲痛だった。どこか地下牢から発しているかのようだった。
　パニックに襲われた。ギュスターヴは手綱を急にねじり、槍をいじくりまわした。パンチョは鼠に取り囲まれているみたいな円の中に後ろ脚で立ち、たちどころに向きを変えた。ちょうどそのとき、蒼白い月明かりが曇天をさっと射抜き、ほんの数メートル先の壊れた壁にもたれた一頭の怪物を照らし出した。「わしじゃよ」と怪物が言った。
　怪物は龍の頭蓋骨みたいな頭をしていた。その腕は瘤だらけの材木から成っており、その先端が柔らかい植物の触毛になっていた。残りの部分はもたれかかった壁で、ありがたいことに隠されていた。石どうしの隙間からうまく顔を出したあちこちの触毛は、この壊れた石造建築がその仕組のさらに恐ろしい部分を隠していることを示唆しているように見えた。
　「それじゃ……あんたらは怪物たちの谷を訪ねてきたのかい？」と怪物が声高に訊いた。巨大な食肉グモが怪物の右の眼窩からはい出して、壁をゆっくり降りた。
　「うん、そうだとも」とギュスターヴは急いで答えた。「こんばんは」。
　「あんたらはただちらっと通りかかっただけで、休暇を過ごす予定はしていないようだね。こんな侘しい状景が怖くないのかい？　四方八方に繁殖している陰気な緑の原野は？　ふさぎ込んだこんな天候は？　ここじゃ生長するものが蒸し上がったチーズのカヴァーの下で淀んでいるみたいだよ」。骨だけの頭蓋骨が深いため息をついた。
　ギュスターヴは馬から下りた。怪物はぎょっとさせる外貌にもかかわらず、洗練されているようだった。だから、彼は槍を鞘に収め、ヘルメットはパンチョに任せることで、平和な自分の意図を目立たせたのだった。でも不測の事態に備えるかのように、彼は鉄のふちなし帽はかぶり続け、剣は帯びたままだった。彼は汗のしたたる片手で剣の束を握り締めたまま、自身と怪物との間にある傾いた不揃いな石の上をよじ登った。

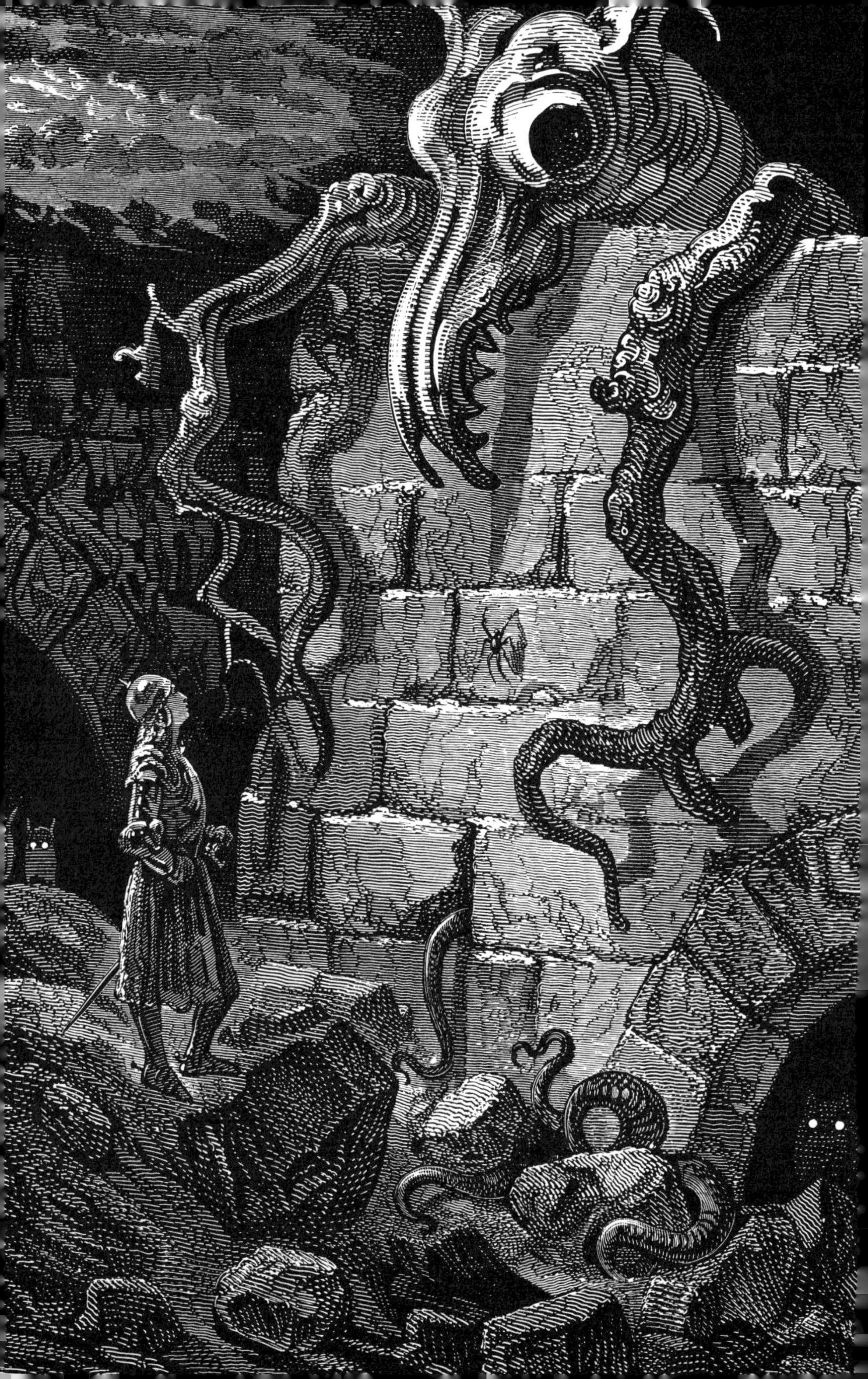

滑稽な操り人形みたいに壁の上に突き出た怪物の白墨状の頭は、異常に神経の太い公衆たち向けの台本に出てくる姿に見えた。ギュスターヴは壁の下まで前進し、勇気をふりしぼり、騎士のポーズをとって、しっかりした声で訊ねた、「お主は全怪物中もっとも恐ろしい怪物なのかい？」
　壁のふもとの暗がりからは、何やらがりがりという、しゃぶるような物音が聞こえた。何本かの触手がどこかの裂け目から引っ込んだり出たりした。巨大な頭蓋骨がにょきっと立ち上がり、不自然な落ち方をした。さながら、長い棒の端の上で跳ね回るカーニヴァルの仮面そっくりだった。
　「全怪物中もっとも恐ろしい怪物かと？」とその怪物が問い返した。「そうともさ、きっとな……」。体裁上ポーズを置いてから続けた、「ずっと、ずっとその昔にはそうだったな……」。
　またもポーズを置いたのだが、それは次の言葉を発するのを恐れているみたいに見えた。一息ついてから続けた、「ところが別の怪物がやって来おった！　むしろここじゃ、それがいつものことだったんだ。ところがそいつの存在が長引くにつれて、ますます怖くなっていったんだ。というか、わしはせいぜい全怪物中二番目に恐ろしい怪物なのさ。わしの名は心配というんだ」。怪物は頭を下げて敬礼し、もう１回深いうなり声を上げた。くたびれた鞴(ふいご)に空気をやっと送り込むかのような響きがした。
　「恐れるには及ばぬ」と怪物は返事を待たずに続けた、「わしはあんたが機転をきかさずに、ストレートな質問をしたことを咎(とが)めるつもりはない。どのミルクでも、わしを見たら腐りかねないよ。わし本人も水面に映った自分を眺めて気絶しそうになったことがある。当時は、今のわしよりもかなり魅力的だったんだけれどね」。
　怪物は思い出してあえいだ。「今はきっと、あんたは心配のうちにどんな恐ろしいことがあるのかといぶかっているのだろうな？」
　「そう、そうとも」とギュスターヴは認めた。実はそうではなかった（彼はとても動揺していて、何かを質問することができずにいたのだ）けれども、少なくとも当座は何事でも怪物に従うのが最善の行動だと考えたのである。
　「みんなからわしが当然だ、適切だとみなされているが、これはわしのも

夜間の爆走　87

っとも厄介な性格の一つなのさ」。こう言って、怪物は空笑いした。怪物が全力で壁を支えているかのように、壁の石は互いにきしり合っていた。

　「あんたの周りを見て、いかにわしが有効に作用しているかを観察するのだな！　わしはこの場所を長年にわたり荒らしてきたんだ——今も根こそぎ荒らしているんだよ。男であれ、女であれ、子供であれ、社会階級や個性に関係なくむさぼっている。わしは残忍冷酷で、冷血漢で、容赦しない。要するに、死神の召使い、厳密に言えば、最善なものの一つなのさ」。

　ギュスターヴは耳をぴんと立てた。「あんたは死神の召使いなの？」

　「わしら全部というわけでもなかろうがな」と怪物は面倒くさげに触手を動かしながら、彼の質問を無視して、告白を続けた。「ある日とうとう少しばかり疲れて、この壁にもたれることにしたのさ——ほんの一瞬だけね」。

　頭蓋骨が深い、乾いた咳をした。

　「ほら、見てのとおり、わしはここに何年も何年にもわたってもたれたままだろう……だからそのうち、何か決定的なことがわしに起こっているに違いない。きっとね。」

　ギュスターヴはうなずいたのだが、今回はたんに礼儀のせいだけではなかった。彼は怪物がどこへ導こうとしているのかを理解することに興味があったのだ。

　「わしは心配し始めていたんだ。自分の存在の意味を疑いだしたのさ！　想像できるかい？　実は心配が心配しだしていたんだ！　ここでもたれることは、わしの経歴に有用な、利口な決心じゃなかった。後の祭りだったんだなあ、きみ。わしが全怪物中もっとも恐ろしい怪物としての傑出した地位を失ったのも、まさにそのときだったからなんだよ。」

　「でも自分自身を少し疑うのもときには良いことじゃないですか？」と、ギュスターヴは会話がまずくならないようにするために尋ねた。

　「疑うだと？」と怪物が叫んだ。「若いの、わしは健康な、いくらかの懐疑の話をしているわけじゃないんだ！　いや、わしは疑ったことはない、心配したんだ。二つは……考えることと夢みることと同じくらい相違しているんだよ。わしはすべてのこと、ほんとにすべてのことを心配しだしたんだ！

わしの健康とか、未来とか、現在のこと……過去のことすらも目下心配している。過去のことはとりわけ無益な心配なんだけどね」。
　されこうべががらがらと笑いだした。「そうさ、わしは心配しだした。そして時とともに心配しながら、わしは今日あんたが目にしているものになったのさ。死んで、干上がった材木、骨、角、石、神経のない歯、目のない眼窩にね」。怪物はすがるように木の触手を夜空に延ばした。どの触手も哀れみを催すかのように震え、それから崩れ落ちて、鈍くそこにぶら下がった。クモが壁の後ろからはい上がってきて、眼窩の中に姿を消した。されこうべの嘆きは長ったらしい、不明瞭なため息で頂点に達した。
　「これは全怪物中でもっとも恐ろしい奴ではありえない」とギュスターヴは考えた。「あまりに泣き虫すぎる。ここで俺は時間を空費しているだけだ」。
　「きみはここで時間を空費しているだけだぞ、若いの」と怪物はもの柔らかに言った。「わしの泣き言で、きっときみをうんざりさせていると思うな」。
　ギュスターヴは飛び上がった。怪物から頭の中を読まれていたという、不快な感じがしたのだった。
　「でも一つ、提案ならできる。道中守るためのね」と怪物は続けた。「哲学的に言えばたいしたことじゃない、ちょっとした忠告さ。それはどの瞬間も大いに楽しめよ！　ということさ」。
　ギュスターヴは暦の上で、同じ善意に富む諺をかつて読んだことがあった。
　「うん、わしも知っている……あんたは暦の上で同じような善意に富む諺を読んだのだったね？　でも、そんなことは頻繁に繰り返されるわけじゃないんだ。」
　「憶えておきます」とギュスターヴは礼儀正しく言いながら、後方にゆっくりと歩みだした。
　「いや、わしはもう全怪物中もっとも恐ろしい怪物なんかじゃない」と怪物は独り言のように言った。「わしは依然かなり怪しいけれど、土地の標準じゃ、ほんの中くらいに怪しいだけだ。この谷間の上の丘の斜面にいる双頭の、あのばかげた大カタツムリみたいに無害でもないし、同情を引き起こしもしないが、さりとて青血の湖の騎士喰いの巨大トカゲみたいに怪物風の恐

ろしいものでもないんだ。わしは平均的な怪物にすぎんのだよ」。

ギュスターヴは突然びくっと感電したようになり、立ち止まった。

「青血の湖の騎士喰いの巨大トカゲだって？」と彼が訊き返した。「それは面白そうですね。ほんとうにそれこそが全怪物中もっとも恐ろしい怪物であるみたいですね」。

「うん、少なくとも奴はそうだと主張しておる。」

「そうですか？　どこでその生き物が見つかるか言ってくれませんか？」

「それはごく簡単さ。谷底に到達したら、丘を駆け上がり、泣き叫ぶ滝の下を通って、うめく小谷まで行かなくちゃならん。そこから怖い巨人族の牧場を横断して、悪臭を発する山脈に到達するのさ。青血の湖はそのもっとも悪臭のする地点にあるんだ」。怪物は深く、吹き抜けるような息を吸い込んだ。

「どうもありがとう」とギュスターヴ。

「どういたしまして」と怪物は触手で小ばかにしたような仕草とともに応えた。「でも、出かける前に言っておくれ——わしの話に聴きいっている間に、とどめのせりふがありはしないかと思ったんじゃないかね？」

ギュスターヴは口をきっと結んで微笑しながら、「ぼくはとにかく楽しかったです」。

「それは良かったな。とどめのせりふはなかったんだからね。」

ギュスターヴは二、三歩よろめきながら退き、またも微笑し、さよならの合図をした。それから向きを変え、廃墟を横切って馬へと急ぎ、鞍に上がった。パンチョは疾駆して去って行った。怪物はというと、元の不動状態に戻り、孤独な憂鬱の記念碑と化してしまった。

両名はなおも怪物たちの谷を横切ってずっと進んで行った。両名がたどった進路は、さびれた廃墟やしおれた植物、（動物・人間の）無数の骸骨、そのほか、ちゅーちゅー鳴くネズミや昆虫の群れだらけで、彼らは瓦礫をばらまいた平原をひとり占めしているかに見えた。でも両名が出くわしたのは、翌朝谷の端で霧に包まれながらのどかに草をはむ双頭の2匹の巨大カタツムリを除き、もう奇怪なものはいなかった。2匹の間には、谷を出て山脈へと通じるけわしい登り道が延びていた。

　第一の山道を越えると、両名はぞっとする光景に出くわした。最初の峡谷より狭くてかなり深い、暗黒の峡谷に。その上方はぎざぎざのそそり立つ岩で囲まれており、下方は蒸気の縞雲が充満していた。何十もの滝がけわしい岸壁を激しく落下していて、終わりのない嵐のようにとどろき、絶え間なく続く雨のようにぱらぱらと降っていた。黒鳥たちが渦巻く水煙の上を旋回しながら、無気味にぎゃーぎゃーと奇声を発していた。

　「ここは泣く滝に違いない」とギュスターヴは言った。「楽しいところではないが、何とかして通過しなくてはならぬ。急流の下をね」。

　「あまり楽しくないというのは、穏やかな言い方だね」と、パンチョは滝の下に道が通じていることを見逃さずに応じた。1メートルにも満たぬ、でこぼこの出っぱりであって、泥水が飛び散り、地衣でつるつるだった。「やってみる価値はあると望みたいなあ」とパンチョは陰気につけ加えた。

　「このほうがよかったんだ」とギュスターヴ。「なにせぼくの生涯は進退窮まっているんだからな」。

　「わしもだよ」と馬は言い返しながら、体を前後に揺り動かして、足掛かりを次々に試した。

　進路は上昇したり下降したりした。すべすべの出っ張りに沿って進んでゆくと、右手には深淵、左手には岩壁が次々に現われた。時折両名は滝を難航しながら進むしかなかったし、ギュスターヴの武具は間もなくごぼごぼ流れる、氷のように冷たい水でびしょ濡れになった。それから現われた長い上り坂の直線コースに、パンチョは絶え間なく呪いの声を上げた。とうとう突然岩が分かれて、みずみずしい山間の草地の光景がぱっと開けた。草地は下に

傾斜し、ゆっくりとうねりながら、谷に通じていた。空気を満たすかすかなせせらぎから判断するに、この谷からは小川が流れ出しているらしかった。

「あれは悲しい流れの谷に違いないぞ！」とギュスターヴが叫んだ。

パンチョはほっと安堵したように応えた。「そんなに落胆させるところではなさそうだな。わしにはせせらぎは一つも聞こえない」。

パンチョはつまずきながらも、両名は確かに水晶のように澄明な小川にたどり着いた。この小川は陽光で金色に染まった樺の木の森を通って流れていた。囀る鳴き鳥たちが頭上に円を描いており、チョウチョウやトンボが空中をひらひら、ひゅーひゅーと飛んでいた。パンチョは小川のほうへ歩を進め、渇きをいやした。ギュスターヴも馬から降りて同じようにした。彼がもう一度鞍に跳び乗ると、小塔の多い城が谷を見下ろす丘の上に高く聳えているのに気づいた。

「わしらはまた文明地帯に戻ったらしいぞ」と彼は言いながらも、こんな平和な環境の中で、湖上住まいの全怪物中もっとも恐ろしい奴を見いだす破目にどうしてなったのかといぶかっていた。ここの田舎はすっかり怪物からは解放されているらしかった。「ひょっとして、われわれはあの上の城を訪ねるべきじゃなかろうか。賢い王とか、美しい王女とか、ほかの誰かが住んでいて、われわれに青血の湖への道を教えてくれられるかも知れんぞ」。

「もちろんだとも」とパンチョはため息まじりに、再び駆け出し、城に向かって進んだ。「もちろん、あそこは賢い王か、美しい王女の住居さ——きっとその両方とも。彼らは今ごろケーキを焼いてくれているかもね」。

ところが、両名が高く登るほど、城はだんだん遠のくように見えた。濃い霧の包み布でたびたびぼかされ、消えては現われたが、両名は誘惑するシルエット以上のものを見分けるほどに十分接近するには決して至らなかったのである。そのとき、綿花状の霧が城をすっかり呑み込んでしまった。霧がやっと晴れると、ギュスターヴは城と見誤ったものが高く聳える奇妙な崖の連なりに過ぎず、これらがぼんやりと小塔や胸壁に見えていただけだと分かったのだった。

「ふふん、こんなことを言うのは憚るのだが」とパンチョが言うのだった、

92　夜間の爆走

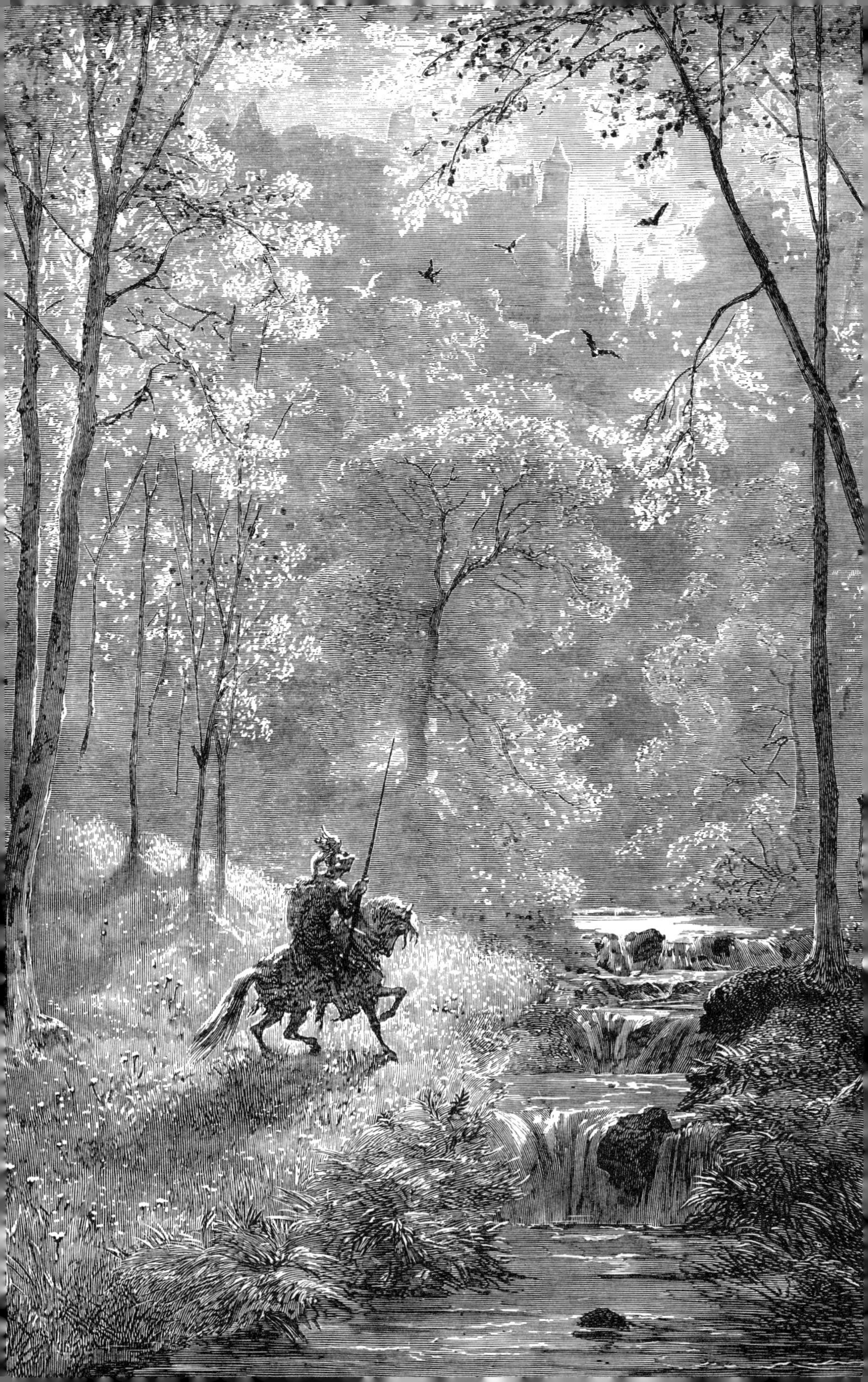

「わしらは城の蜃気楼(fata castellana)に弄ばれたんだよ」。両名は若干の草むらを除き、不毛の岩だらけの高原に立ち止まった。

ギュスターヴがうなった。

「こんな錯覚は高山では稀ではないんだ」とパンチョが説明した。「山々のごつごつした塔のようなぞっとする光景が、霧がかった視界条件や視神経への薄い空気の作用や脳の知覚能力と結びついて、幻覚作用を引き起こすことがままあるのさ……」。

「もうおよし!」ギュスターヴはどなり、パンチョの横腹を拍車で突いた。この馬の知ったかぶりなコメントが彼の神経に障り始めていたのだ。

そこでしばらくの間、大玉石が散在する高原の上を駆け抜けて行った。ところが方向感覚を失くしてしまい、ギュスターヴは堂々めぐりをしているのではないかと恐れた。霧の薄い切れ端が岩間に漂い、雲の灰色の群れが頭上を流れた。おぞましい翼を持った黒鳥たちが獲物を探して、平原の上を旋回した。明かりはすばやく消え失せてしまい、人が存在する徴のかけらもどこにも見当たらなかった。ギュスターヴもパンチョも飢えと疲労で落胆していた。

「こりゃ、石の砂漠だ」と馬が音を上げた。「こんなところじゃ、ケーキは見つかりっこないよ」。

「実を言うとなあ」とギュスターヴがため息をついて言った、「誰か領主や奥方のまあまあ開かれた仲間内での立派なディナーの会食で今晩を過ごそうと踏んでいたのさ。ローストされたガチョウの肉やジャガイモ団子とか、そんなものをな。しかも弦楽器のバックグラウンド・ミュージック付きでだ」。

「おれは肉食も、退廃貴族も、腸線をかき鳴らす馬の毛がかもしだす騒音にも加わりはしないよ」とパンチョが言い返した。「いいかい、カラスムギの飼葉袋だってまずくはないんだよ」。

両名はむっつりとして駆け続けた。しばらくして、ギュスターヴは岩々が奇妙な光を発していることに気づいた。水晶か金属みたいに輝いており、平原全体があたかも銀をふりかけたみたいに見えた。ところがギュスターヴがパンチョにこの現象を尋ねる前に、がらがらという騒音が空中に轟いた。巨

夜間の爆走

大な丸石が動き始め、固い地面が足の下で震え、さながら弱い地震でも起きたみたいだった。自然法則にさからって、岩石が転がったり積み重なったりして、巨大な雪だるまに似た彫刻へと姿を変えた。それから、それらはみるみる軟らかくなり、溶岩みたいに液化し、そして人の形をとってきたのだった。

液状の岩に顔が現われた。手、脚、腕が形づくられた。目がとびだし、歯がむき出しになった。もじゃもじゃの髪の毛が生え始め、針金みたいに厚く硬直した。みるみるうちに、六人の巨人がそこに立ちはだかった。無骨な、筋肉質の巨人たちは、いずれもが人の身の丈の３倍はあり、いずれも粗暴で、だらしのない口ひげを蓄えており、強力な拳には斧や棍棒が握られていた。

ギュスターヴとパンチョは金縛りになった。当然だった！　彼らが横切ってきた不毛の平原は恐ろしい巨人族の原っぱでしかあり得なかったのだ！

「わしは巨人テーマクティマだ！」と巨人族の一人が声高に言い、パンチョの道を遮った。

「わしは巨人オロギビーだ！」ともう一人が叫んだ。

「わしは巨人ソフォハイリプだ！」

「わしは巨人エソミトローナだ！」

「わしは巨人キシュフプだ！」

「わしはペイホグレガだ！」

巨人たちはギュスターヴとパンチョを取り囲みながら、こう自己紹介するのだった。

「巨人たちの名前を推測すること」が課題なのだということをギュスターヴはふと思い出した。「すっかり忘れていた。これは自分の第三の課題なんだ！」

巨人たちは武器を握りしめながら、接近してきた。

「ぼくらに何をして欲しいの？」とギュスターヴは無邪気に尋ねながらも、明らかに自分よりも強いこれら六名の相手からどうやって逃れるか懸命に考えていた。

「あんたはわしらの名前を推測してみなくちゃならんのだ！」と巨人たち

は一斉に叫んだ。
「簡単なことです」とギュスターヴが答えた。「テーマクティマ、オロギビー、ソフォハイリプ、エソミトローナ、キシュフプ、ペイホグレガ。今しがたあなた方は自己紹介したばかりですから」。
「くそ、いまいましい！」とペイホグレガが呪った。
「ちくしょう、なんてこった！」とテーマクティマが呟いた。
六人の巨人はしばしそこに立ったまま、ぼんやりと見合ったり、頼りない視線を交わし合ったりした。それから頸をすり合わせて、一斉に叫んだ、「そのとおり！」そして、再びギュスターヴのほうを振り返った。オロギビーが前に進み出た。
「そいつは、えーと、わしらの本名じゃないんだ」と言った。「そいつは、まあ、アナグラムだったんだ」。
「そのとおり、そいつはアナグラムにすぎん」とテーマクティマが口をはさんだ。「わしらの本名じゃないんだ」。
「わしらの本名はまったく違うんだ。」
巨人たちは全員がしきりにうなずいた。
「アナグラムなのですか？」とギュスターヴが尋ねた。彼はこの言葉を以前に聞いたことがあったのだが、すぐには思い出せなかった。
「アナグラムとは、元の字母を並べ替えた言葉さ」とパンチョが囁いた。「どうもこの巨人たちは忌まわしいインテリじゃあるまいか」。
「むろん、わしらはそうだとも！」とオロギビーが認めた。「わしらは実は科学者なんだ」。
テーマクティマがオロギビーの向こうずねをきつく蹴った。
「ばかめ！」と非難のしーっという音を立てた。
「あは！」パンチョが囁いた。「科学者たちだと！　これはうっかり洩らした暗示だわい。奴らはインテリなんかじゃない、間抜けインテリどもだ！」
ギュスターヴは思いめぐらしていた。字母を並び替える……科学者たち……オロギビー、テーマクティマ、ソフォハイリプ、エソミトローナ、キシュフプ、ペイホグレガ。ふむ……。

夜間の爆走　　97

「お尋ねしてもよろしいですか？」と彼は礼儀正しく訊いた。
「うん、それもゲームの一部さ」とソフォハイリプが答えた。
「まじめに答えて頂けますか？」
「うん、あいにくながら。でも"イエス"か"ノー"でだけだぞ。」
「かまいません」とギュスターヴ。「第一問。あなたらの科学で道具を使いますか？」
「そうとも！」とエソミトローナ（Esomitorona）がうっかり口をすべらせた。「たとえば、このわしは巨大望遠鏡を使っておる！ これを通してあんたを何年も観察してきたんだ。雲の中の城から何でも見られるんだ」と自慢そうに付け加え、そして、ギュスターヴが谷底からつきとめていた例のおとぎ話のような建物に、太い人さし指を向けた。奇妙なことに、小塔や胸壁もろとも、霧の中にぼんやりと渦巻いているだけながら、再現していた。でも、ギュスターヴはそれほどびっくりしている暇はなかった。
「わしは何も見逃しはせぬ！」とエソミトローナだがなおもまくし立てた。「わしの望遠鏡はものを1000億倍大きくする。わしはアリが土星でおしっこしているのを見ることだってできるんだ」。
「土星にアリがいるのですか？」
「もちろんさ」とエソミトローナは今度はやや愛想よく答えた。「アリはどこにでもいる。土星にいるのは三つの頭を持ち、水銀のおしっこを出すのだが……」。
望遠鏡。科学者たち。エソミトローナ。エイナトロソム。トロソメイナ。ナトロセイモ。アンティモロセ……。
ティモロナセ……。オロサネティム……。
「あなたは望遠鏡を手にしていて、星々を観察しておられる……あなたの本名は**アストロノミー**（Astronomie）だ！」
「こんちくしょう！」とアストロノミーが吐きすてた。ほかの巨人たちは彼のそんなどうしようもない無駄話に怒りの拳を振りかざした。
「今度はあんただ」とギュスターヴは厳しく命じながら、オロギビー（Ologibie）を指さした。

エイギボロ。ゴイボレイ。オロギベイ……。
「あなた！　あなたも望遠鏡はあるのかい？」
「ない！」とオロギビーは勝ち誇って言った。「わしは顕微鏡を持っておる！」
「だまれ、ばかもん！」とほかの巨人たちが叫んだ。「おまえは"イエス"か"ノー"しか言わなくてよいんだ」。
「じゃ、あなたは顕微鏡を手にしているんだな」とギュスターヴは推測した。「あなたも土星のアリを観察するのにそれを使うのかい？」
「いや！　顕微鏡じゃ土星まで眺められはしない。お主もばかじゃな！　わしは地球上のアリを観察しておるのじゃ！」
「あはー！」とギュスターヴ。顕微鏡がある。オグリベイオ。オイリベゴ。ゴベイロイ。アリを観察している。ベイロゴイ。ゴイレイボ。イボゴレイ……。
「オロギビー、きみの名はビオロギー（Biologie）だ！」
「いまいましい！」とビオロギーが叫んだ。彼は近くの岩をあまりに強く蹴ったため、こなごなに砕け散ってしまった。
「次のあなた！」とギュスターヴは最強でもっとも汚い巨人を指した。
「ペイホグレガ（Peihogrega）！　あなたは最強らしいな——あなたは両手にでっかいたこがあり、しかもブーツの下には不潔極まるものを蓄えておる。してみると、あなたの手足はもっとも大事な作業手段なのかい？」
「うん、まあ、そのとおりだ」とペイホグレガは認めざるを得なかった。
「一本あり！」とパンチョが喝采した。
　ペイホグレガ。ホグレガペイ。グレゴヘイパ……。
「きみは不潔なものを捜し回るのが好きなのかい？」
　すると巨人は顔を赤らめて、頭（こうべ）を垂れた。
「そのとおり」と同意した。
　不潔なものを捜し回るのを好む。パグレゴヘイ。ゲイホパグレ。ホグレイゲパ……。
「あなたの名はゲオグラフィー（Geographie）だ！」
「そのとおり」とゲオグラフィーがうなった。ほかの巨人たちは彼にブー

と叫んだ。

　ギュスターヴは次の巨人を指した。彼はこのゲームに興じ始めていた。

「あなた、テーマクティマ（Themaktima）！　あなたはどんな道具を使っているのかい？」

「あんた自身が推測してくれ。わしは"イエス"か"ノー"で答えるだけだ」。

「そのとおり！」とほかの巨人たちが叫んだ。「奴に話させろ！」

「なるほど」とギュスターヴは応じた、「たしかにあなたの話は筋道が通っているね。さては精密科学があなたの仕事じゃないかね？」

「うん、そうだ。」

「よろしい。あなたはひょっとしてメトロノームを使っているのかね？」

　テーマクティマは笑った、「一度もないわ！」

　メタティマク……。

「六分儀は？」

「とんでもない。」

　マヒクタテム……。

「ブンゼン・バーナは？」

「滅相もない。」

　アティクテンマ……。

「624,528÷236は？」

「うん、もちろん」とテーマクティマが言った。

「いや、あなたにはできんと思う」とギュスターヴが応じた。

「ところが、できるんだ！」とテーマクティマが言い張った。

「わたしは信じない。そんな数を頭で計算できる者はいやしない。」

「わしは必要がないのさ！」と巨人が叫んだ。計算尺があるのさ！」巨人は考えるまでもなく、ポケットから木の計算尺を取り出して、誇らしげに高く振り回した。

　メタヒムタク。タヒメムタク。ヒタタムケム……。

「あなたは計算尺を使うんだな……それなら、名前はマテマティーク

100　夜間の爆走

（Mathematik）だ」。
　すると、巨人はこの道具を地上に投げて、踏みつぶした。
　ギュスターヴは最後から二番目の候補のほうを振り向いた。
「今度はあなただ、ソフォハイリプ（Sophoheilip）！」
「用心しろ！」とほかの五巨人が口を合わせて叫んだ。「奴はおまえを欺こうとするぞ！」
「あなたもその科学に道具を用いているのかね？」とギュスターヴが詰問した。
「いいや！」とソフォハイリプはニタニタと笑い返した。「わしの科学は道具を必要としない」。
「ご名答！」とほかの巨人たちが叫んだ。「見せてやれ！」
　道具を必要としない科学。ポリフィホセ。ホセピホリプ。ホリピヘソプ……。
「で、どうして道具を使わないのかね？」
「わしの科学は道具で計算できぬものを扱っているからさ。おっと！」
　ソフォハイリプは答を思わず洩らしてしまったかのように、片手を口の上に載せた。
「注意しろ、ばかめ！」とほかの巨人たちが叫んだ。
　道具では計算できぬ何かを扱う科学。ホソピヘリプ。ヒロペシホプ。ホリポセヒプ。ソロフィフィー……。
「それじゃ、あなたの名はフィロゾフィー（Philosophie）だ」とギュスターヴは決めつけた、「それでもほかの者たちよりあまり賢くはないな」。
「へーい、こりゃ面白いわ」とパンチョがいなないた。「わしでも最後の名は推測できるかな？」
「だめだ！」とギュスターヴがきつく言いきかせた。「それはわたしの課題なのだから」。
「へーい、わしについてはどうかな？」とキシュフプ（Kisyhp）が叫んだ。「お主はそのこすっからい質問でわしの名を推測したがっているが、断じて見破れはせぬぞ！」

夜間の爆走　101

「おい、キシュフプ！」とギュスターヴは憐れむように微笑しながら言った。「あなたのことをすっかり失念していたわい。あなたははるかに易しいよ。だから、わたしはあなたには一つも質問する必要がない。たった六字母じゃないか。うまくこんがらかすために骨折るまでもないよ。あなたの名はもちろん**フュジーク**（Physik）だ」。
　「よくもぬかしたな！」とほかの巨人たちがつぶやいた。「まぬけめ！」
　ギュスターヴは上機嫌だった。大木のような巨人――しかも科学者やインテリ――六名を手玉に取り、機知の闘いで打ち負かしたのだ。死神からの課題のもう一つをやり遂げたのだ。彼が手綱を引き寄せたため――パンチョは後ろ脚で立ち上がり――、そして《さらば》のしるしに片手を上げながら言った。
　「では紳士諸君、これでお終いだ。わたしはあなたたちの名前を推しあてたのだから……おさらばする。すてきな夕べを過ごしておくれ。」
　ギュスターヴはマテマティークとビオロギーの間をパンチョに行かせたかったのだが、この両巨人が立ちはだかって道をふさいだ。「ちょっとお待ち」とマテマティーク。
　「まだ何か？」とギュスターヴが苛々して訊いた。「わしにはほかにやる課題があるんだ」。
　「そう急（せ）くではない、若いの」。ビオロギーの声は親切ながら、脅迫をうちに秘めていた。「何か忘れちゃいないかい？」
　「忘れたって？」とパンチョは馬具の間から歯ぎしりさせた。「いったい何のこと？」
　「どういう意味かい？」とギュスターヴも聞き質（ただ）した。
　アストロノミーが咳払いした。
　「さっきから言ったように、わしらはずっとわしの巨大望遠鏡でお主を観察してきたんだ。そうしたら、がっかりしたことに、お主は宿題をやっていないことが分かったんだ！　生物学や天文学や、数学、物理学、哲学、地理学のな。これらの課題を忘れておるぞ！」
　ほかの巨人たちも同感の不平をこぼした。

事実、ギュスターヴはこのところ宿題を遅らせてきていたのだった。でも彼は普通はまじめで、熱心な生徒だったから、自分をとがめる必要を感じていなかった。
「それで？」
「おまえは宿題をやる代わりに書きなぐってきたんだ」とマテマティークが非難がましく言った。
「いや、わたしは書きなぐったりしてはいない……絵を描いているのだ！」とギュスターヴはきっぱりと言い返した。
「絵をだって！」とビオロギーが叫んだ。「そんなもの生活の足しにはならん！　その代わりに草本植物の一本の枝分かれの根っこでも頭の中にたたき込んでおけば……前途も開けるだろうにな！」
「そのとおり！」とマテマティークが介入した、「二項式定理は実際に毎日の生活で必要なものなんだ。ところがお主は解剖学研究で貴重な時間を空費している」。
「わしは心底心配しているんだ」とフュジークが言った。「お主は正しいスペクトル分析のやり方も知らずに、どうやって規則正しい生活を送れると思っているのかね？」
「わたしは絵描きとしてどうにか生計を立てられると思っている」とギュスターヴが自信ありげに答えた。
　すると巨人たちは憐れみの顔つきになりながら、お互いに肘でこづき合った。
「哀れなのぼせ上がりの小僧め！」とフュジークが叫んだ。
　すると、ゲオグラフィーが頭を振って言った。「この男は気まぐれにも、どの子午線の間でエントロピーの収束が起きるかもしらずに生き抜こうとしているんだ」。
「奴はむしろ……絵を描きたいのさ！」巨人たちが哄笑したため、牧場が振動した。ギュスターヴはパンチョに拍車をかけてこっそりずらかろうと思案したのだが、巨人どもが数歩で追いつくだろうことを知っていた。巨人たちは再び状況を支配してから、ギュスターヴを上から見下ろしながら、頭を

夜間の爆走　103

振って哀れむのだった。
「若いの、わしらはおまえの辛くて恥ずかしい生活だけは見逃してやろう！」とゲオグラフィーが同情しながら叫んだ。「だから、わしらの石の靴でお主を踏んづけることになろうよ」。
巨人たちが近づいてきたため、パンチョはいなないて後退した。ギュスターヴは手綱をしっかりと握り締め、馬を静止させた。
「あんたらはわたしを踏みつけたいの？」と彼は訊いた。
「それが恐ろしい巨人族の牧場でのしきたりなのさ！」とビオロギーが答えた。「お主が通り過ぎるのなら、コテンコテンに踏んづけてやるまでよ」。
「奴が通り過ぎるのなら、コテンコテンに踏んづけてやろう！」とほかの巨人たちが唱和した。
「お主は近づいた、だからわしらはコテンコテンに踏んづけてやろう！」とゲオグラフィーが叫んだ。
「奴が近づいた、だからわしらはコテンコテンに踏んづけてやろう！」
巨人たちはリズミカルに足を踏みだし、ギュスターヴに泥のこびりついた靴底を示し始めた。それから叙唱(レチタティーヴォ)を歌いだした。

「この反響音が聞こえるかい？
　きさまをコテンコテンに踏みにじってやるぞ！
踏みにじり、押しつぶしてやる、
　これが平原でのならわしさ！」

巨人たちはギュスターヴとパンチョの周りを丸く跳ね回りながら、拍手したり、牧場を石の靴のタクトで震わせたりした。フィロゾフィーはしばらく立ち止まって、ギュスターヴにおじぎして話しかけてきた。
「あんたはこの平原の微光が見えるかい？」
実のところ、ギュスターヴは石だらけの地面に銀色の微光がすでにチカチカしているのに驚いていたのだった。
「あれはわしらが騎士らもろとも踏みつぶしてきた武具一式の埃なのさ。

あの銀色の埃は死んだ騎士たちのもので、それがここの牧場をあのようにチカチカさせているのさ」。フィロソフィーは笑って、もう一度レチタティーヴォを歌い出した。

「お主は水銀みたいに輝くはずだ、
　わしらの踏みつけの下でうめきながら。
　死ね、死ね、死なねばならぬ、
　わしらはお主の相続をするだろうよ！」

　巨人たちはますます有頂天に歌ったり踏んづけたりしたし、ギュスターヴを囲む円をますます狭めてきた。
　「死ね、死ね！」巨人たちは合唱した。
　「相続だ、相続だ！」と山彦が反響した。
　「さあ、あんたの呪われた武器の一つを使うときだよ」とパンチョが不満げにシューシュー音を立てた。「槍、剣、武具——こんなものを何のために終始わしに運ばせてきたんだい？　あんたは騎士なんだ、ちくしょう！　だったらそのようにわしにも親切な態度を示してもらいたいよ！」
　ギュスターヴは剣を抜いた。
　ところが巨人たちはびくともしないで、「死ね、死ね！」と咆哮した。
　「さあ、どうする？」とギュスターヴが訊いた。
　「わしの言うとおりにしな」とパンチョが囁いた、「剣を体から遠く、地面に平行に伸ばし、そのままできるだけしっかりと握っていな」。
　巨人たちは子供が花輪遊びでもするように、手を取り合いながら、「踏つみぶせ、踏つみぶせ、牧場で！」と歌った。
　「今かい？」とギュスターヴが囁いた。「奴らをチクリと刺してやろうか？」
　「いや、いや」とパンチョが歯の間からつぶやいた。「奴らがもっと近寄るのを待つのさ」。
　「もっと近づくのを待つのだと？　すぐにも、われわれは踏んづけられるぞ！」とギュスターヴは馬の命令に従うのを躊躇した。

夜間の爆走

「カッとならないで。近づかせなさい。腕を高くしておくのだ」とパンチョが囁いた。「じっと静かにしているんだぞ」。
「死ね、死ね！」と巨人たちは叫びながら、どしんどしんと地面を踏んづけて前進してきた。「きさまらは死なねばならん！」
すると突然馬は後脚で立ち上がり、大声で叫んだ。「お主らは日本の切腹という素敵な儀式を聞いたことがあるかい？」と言うがはやいか、自分の車軸の周りをグルグル回った。あまりのすばやさと優美さに、ギュスターヴ本人もあっけにとられてしまった。

もっと驚いたのは巨人たちのほうだった。なにしろ六名全員がほんの一瞬後には、二つに切り離されてしまったからだ。パンチョの旋回(スピン)により、ギュスターヴの剣が巨人たちの腹を貫き通し、その上半身を下半身からずばりと切り離してしまっていたのだ。半切りにされた巨人たちは泣き叫びながら地上に転がり、下半身はまるで頭のないニワトリみたいに定めなくあたりをさまよった。内蔵が腰の上に飛び出し、牧場の上に散在し始め、腹からは血が赤い小川となって流れ出た。

「あまり食欲をそそる光景じゃないな」とパンチョが吐き気を催しそうになりながら言った。「気分が悪くなる前にここをずらかろうぜ」。

ギュスターヴは剣を鞘に納め、馬に拍車をかけると、馬は牧場をギャロップで駆け抜けた。しばらくしてもうかなり遠くに離れて、巨人たちのうなり声や呪いが聞こえなくなると、パンチョはゆったりした跑足(だくあし)になった。

「子供だましだったな」とギュスターヴが言った。
「うん、巨人族はやっつけ易いよ。奴らの急所を狙えさえすればね。体の中央はたいそう柔らかいんだ。でもいいかい、剣は名人によって鍛造されねばならぬし、剃刀みたいに鋭利でなくっちゃならんのさ。」
「剣が鋭利なことをどうやって知ったんだい？」
「あんたの武器はとどのつまり、死神本人から支給されたものだ。しかもあんたが安心できることが一つある。死神があんたに何かを任すときは、死神が事情を考慮した上でのことなのさ。もちろん死神はあんたがあれこれの課題をやり遂げられなくて、絶望し自刃(じじん)するとかそういうことをするのを待

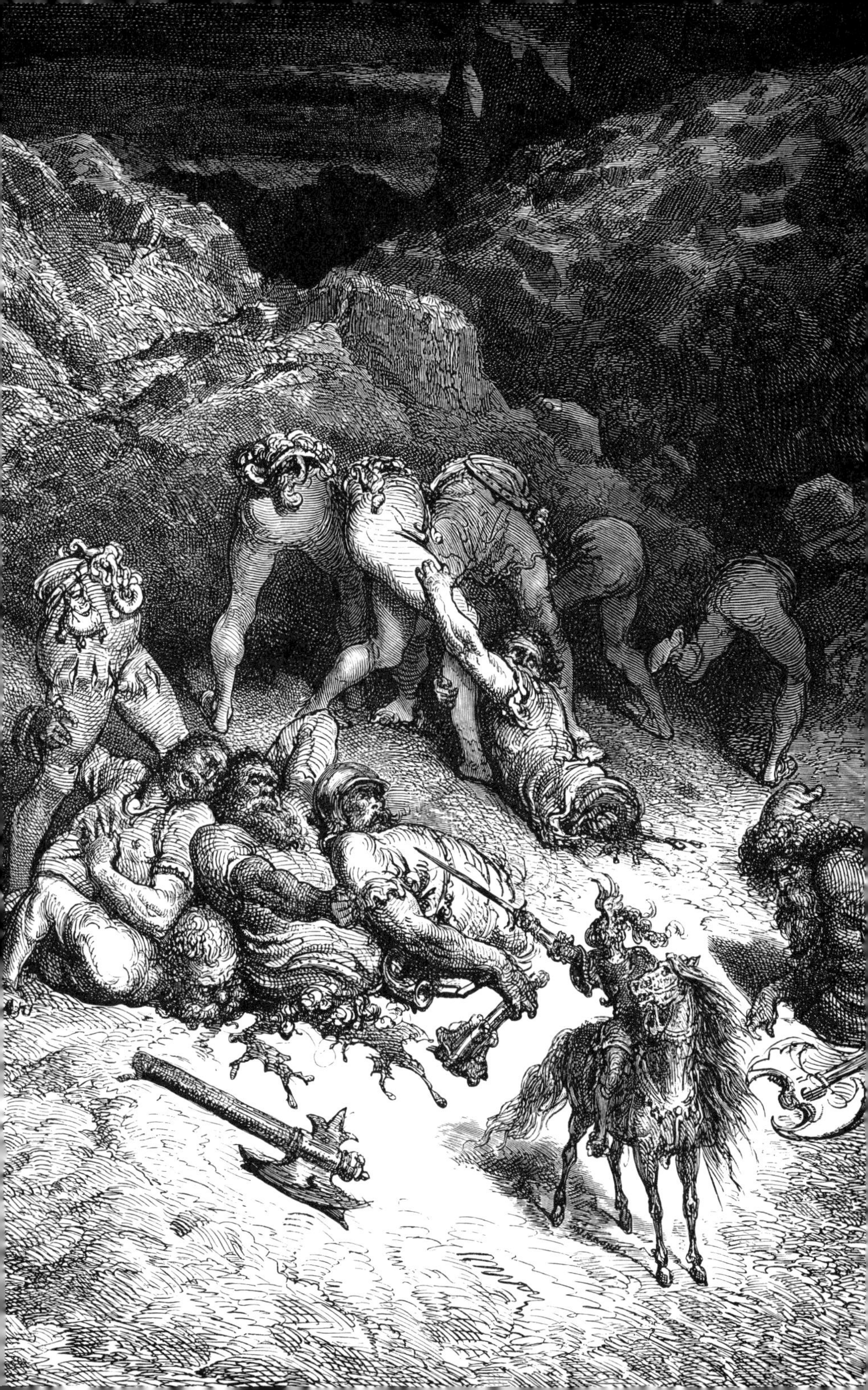

ち望んでおる。」
　ギュスターヴはため息をついた。「友人を持つのは素敵なことだな」。
　「へーい」とパンチョが叫んだ、「おれたちは巨人族に青血の湖への道を訊くのを忘れてしまったわい」。

やっと道は降りになった。岩だらけの斜面もだんだんと下降していく際に、さながらキュクロプス（一つ目巨人）の雄牛の群れの石化した角みたいな花崗岩の屹立した先端を通過した。斜面のはるか下のほうには、霧のヴェールがたちこめた湖があった。

「あれが青血の湖かもしれんぞ」とギュスターヴが声を張り上げた。

「わしにはどこにも悪臭が感じられん」とパンチョが息を殺して言った、「だからまだ悪臭のする山脈にはたどり着いていないよ」。

「でも湖は青いぞ」とギュスターヴが指摘した。

「山間の湖はみなそうだよ」とパンチョが応えた。「だからといって、あれが青血の湖を意味するわけじゃ断じてない」。

「きみは青血の湖が本当に血でいっぱいだと思っているのかい？」

「こんな呪われた山間じゃ、何があっても驚きはしないだろうよ。」

　両名はけわしい岩がむき出しの所を駆け抜けた。付近ではカラスの群れが監視塔の廃墟の上を飛びかっていた。

「少なくともわしらは再び文明に接近しつつあるよ」とギュスターヴが念を押した。「おい、おまえも臭いを感じられるだろう？」

　パンチョは停止して嗅ぎ分けた。

「これは臭いじゃない、悪臭だ。」

「硫黄だな」とギュスターヴが突き止めた。「硫黄の臭いがするところでは、火山活動が予想されるはずだ。それに火山活動があれば、何かが沸騰しているに決まっている。あそこの突出部に下りてみよう——あそこからは湖がよく見渡せるはずだ」。

　パンチョは岩だらけの突出部を従順に駆け抜けた。崖の端から両名が眺めると、湖の眺望は悪臭以上にぞっとするものだった。疑いの余地はなかった。とうとう悪臭を放つ山脈にたどり着いたのだ。ガスの泡が無数の個所から轟音を立てながら噴出していた。湖の中央からは火山の渦流が流れ出し、両岸の近くでは煮えたぎる湯が沸騰していた。刺すような煙と硫黄の濃縮した臭いがあまりに強くて、馬と騎士に激しい吐き気を催させた。しかしパンチョに数歩あとずさりさせたのは、夥しい怪物たちの存在のせいだった。

湖の水も両岸も辺りの峨々たる岩壁までもが、怪物だらけだった。悪龍どもが水面を波打たせ、巨大なカバが島みたいに浮遊していた。山間の湖とその付近はおよそ考えられる形の悪夢みたいな獣が──多頭の蛇や太古の猛禽類から、奇怪な形をしたタコに至るまでもが──棲みついていた。
　どこを見渡しても、身の毛もよだつ醜悪な生物がたくり、転げ回り、うろつき回り、這いずっていた。鱗や角、吸盤や爪、翼や牙、大釘のある尾や長ったらしい舌をした生物がギュスターヴとその馬を目にするや否や、崖の上をよじのぼって、窺おうとした。パンチョほどの大きさのクモがけわしい崖をすばやく駆け上がり、両名の前に立ちはだかり、前脚を攻撃態勢で振り回し、毒の詰まった大顎（あご）からシューシュー音を出した。低空を飛ぶ空中生物がギュスターヴの周囲を革のような翼で取り囲み、ますます数多くの怪物が新参者たちに挨拶しようと湖面に浮かび上がった。
　けれども、もっとも恐ろしい怪物は湖の中央にいた。太古の規模のワニが騎士を喰う巨大ワニであることは疑いもなかった。つまり、それは馬と装備もろとも一人の騎士を喰らったのだ。その間、不幸な騎士見習い──つまり、騎士の残りもの──は、ギュスターヴとパンチョの下のほうの岩に止まった、巨大なハゲタカみたいな鳥の嘴によって嚙みくだかれたのだった。
「われわれは正しい場所にいるようだな」とギュスターヴが囁いた。
「馬もろとも食われるなぞとは何にも言われなかったぞ！」とパンチョが怒ってうめいた。
「さあ、用事に取りかかろう」とギュスターヴはきっぱりと言い、湖へ向かって雄叫（おたけ）びをあげた。「へーい、巨大ワニよ！　おまえは全怪物中もっとも恐ろしい怪物なのかい？」
「怪物！　怪物！　怪物！」と悪魔たちの山彦が対岸の断崖の窪みから叫び返した。
　ワニは騎士とその馬を二口で飲み下し、それから不機嫌そうに吐き出した。その後、ギュスターヴに黄緑色の目で焦点を合わせて言った。「もう少し大きな叫びをあげられんのか？」巨大な爬虫類はイライラした視線を空に投げかけてから、続けた。「友よ、ここじゃ音響効果は抜群なんだ。わしらはご

夜間の爆走　111

く文明化された調子で長話もできるんだよ」。その声はほとんど囁きにまで低下していた。「ときにお主の質問じゃが、そう、そのとおり。わしは全怪物中もっとも恐ろしい怪物なのさ」。

ギュスターヴは槍で湖を指した。

「おまえさんはどうして、ここでほかの恐ろしい全怪物よりはるかに恐ろしくしているのかい？ ほかの怪物たちだってけっこう怪しいのに」と彼はよりソフトな声で尋ねた。

「いい質問だぞ！」とパンチョがお世辞を言った。

「まあな、小さいが重要な差異がほかの怪物たちとわしとの間にはあるのさ」とワニはニヤリと笑って、剃刀みたいに鋭利な長い臼歯をむき出しにしながら答えた。

「ほかの怪物どもは低い卑しい動機から、殺したりむさぼり食ったりしている。貪欲、飢餓、退屈から殺害したりしている。とどのつまり、奴らには殺害が楽しみなんだよ。」

ワニは大きな顎を開ける必要もなしに喋っているようだった。頬筋肉は少し引きつったが、それだけだった。そのしゃがれた、ガラガラ声はどこか内臓の奥から出ていたが、それはさながら水のしみこんだ墓から発しているみたいに響いた。

「それに反して、わしは必要から人びとを殺したり食ったりはしていない。楽しみから食ったりもしていない。貪欲から食ったりもしていない。悪意から食ったりもしていない。わしは愛から食っている」。ワニの声はソフトで夢みたいな調子を帯びていた。

「愛からだって？」とギュスターヴは尋ねて、心臓に片手を置いた。

「そうとも。これは人が為すことのできる最悪なことだ」とワニはため息をついた。「これはいつもわしの心を破るんだ。冷たい苦痛がわしの胸をよぎるんだ、短刀のひと突きみたいにな……」。

「その感じは分かるよ」とギュスターヴが悲しげに言った。

「じゃ、お主はわしの言うことが分かっているんだ！」とワニが息をついた。「わしの感じていることが分かるんだな！ わしはいつも生贄を涙しながら

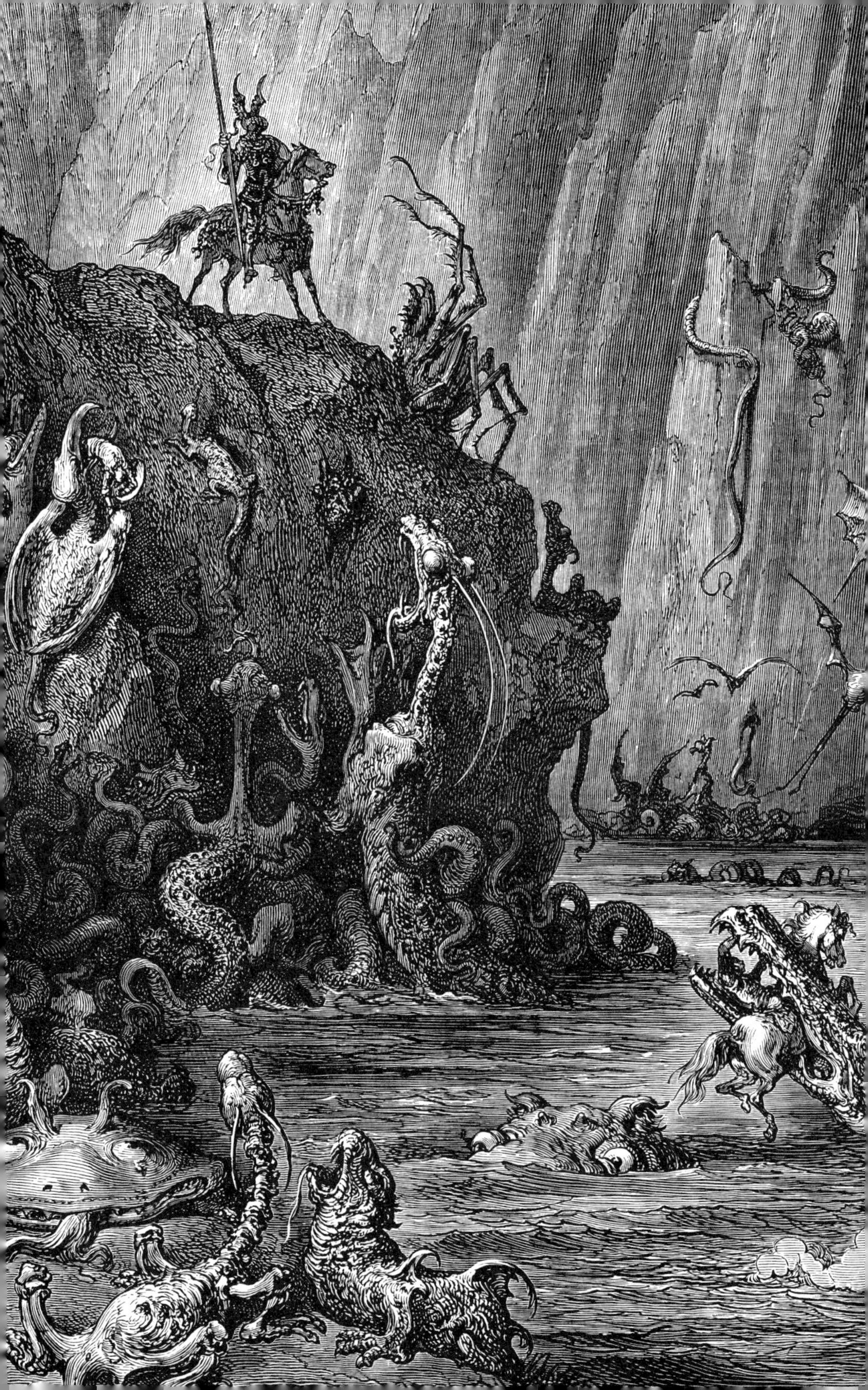

喰らっている。ここの湖が見えるかい？ これは水じゃない。ワニの涙だ、その一滴一滴はわし自ら流したものなんだ。青ずんでいるのはむろん、騎士たちの貴族の血に由来するのさ」。

「でも、あんたがむさぼり食おうとする者をどうやって愛することができるんかい？」ギュスターヴは疑い深く尋ねた。「あんたの愛する者をどうしてむさぼり食えるのかい？」

「愛がどう作用するのかをお主は知りたいのか？」とその爬虫類が呻いた。「それならほかの誰かに訊くほうがましだ。わしはもちろん知らぬ。なぜわしが愛するものを自分が殺すのか？ いったいなぜ？ そんなことはお主が言ってくれたまえ！」ワニの内部から二つのむせび泣き声の間の一呼吸みたいな、悲痛なゴロゴロ音が聞こえてきた。「でも本当に筆舌に尽くしがたいことなんだが」と続けるのだった、「わしがむさぼり食べている者たちをわしが愛しているというのは事実じゃない。筆舌に尽くしがたい、まったくの気違い沙汰は、わしがむさぼり喰らう者たちがわしを愛していることさ……わしに殺されることを知りながらもね！ むしろ、奴らはわしにむさぼり食われる間もわしを愛し続けているんだ！」

「ばかな」とパンチョが鼻を鳴らした。

「わたしにはとても信じられん」とギュスターヴはきっぱり言い放った。

「それなら一歩だけ近寄りな」とワニが囁いた。「さあ、来い！ 目にもの見せてやるわ！」

「用心しな、奴はあの長い鼻面（はなづら）でわしらをパクリと食おうとしているだけさ！」とパンチョが歯の間からうなるような声で言った、「聞いたところでは、ワニは跳ね上がれるらしいぞ」。

「わたしたちははるかに高い所にいる。一歩ぐらい前進の危険を冒すことはできる」とギュスターヴが言い渡した。彼が槍で巨大グモをひと突きしたところ、シューと毒を吐き出し、卑怯にも退却し、崖の下の窪みの中に避難した。パンチョはためらいつつも深淵へと歩を進めた。

「見えるかい？」ワニが言った。「わしはお主に何も悪さはしないよ。これは罠じゃないし、わしが汚いぺてんに訴えようとしているわけじゃない。わ

しを信用するがいい」。ワニの声はまったく新しい性質を帯びていた。よりはっきりと、より明らかで、分かりやすい、前よりも低くておとなしく響いた……囁きみたいに、直接ギュスターヴの耳に囁いた。

「ふむ……」ギュスターヴが言った。「このワニはまじめな生き物みたいだ。わしらに跳びかかってこようともしなかったし」。

「この怪物は様子がおかしいようだ」とパンチョが付け加えた。「わしには、どうやら好感のもてる印象をつくっているようだ」。

「わしらは最高の友だちになれるだろうぜ」と爬虫類が優しく囁いた。その声はギュスターヴの心を、まるでネコののどがゴロゴロ鳴るみたいにソフトに揺さぶった。「わしらはいろんなことを一緒にやれそうだ」。

ギュスターヴは混乱していた。これまでワニに対して抱いてきた偏見がすっかりばかげているように思われた。ワニは心底かわいらしくて、敏感な生物だったのだ。硬い装甲をしているが、柔らかい心を隠しているらしい。こんな好感のもてるワニと何かに共同で取り組むのだというもくろみで、彼は待ち遠しかった。

「たとえば、どんなことをやれるのかね？」と尋ねた。

「そうだね」と怪物が言った、「湖に跳び込んでくれれば、きみを食べられる。しばらくはきみを弄んで、きみの脚と腕だけを嚙み、きみがすべての過程をのみ込めるようにする。それからきみの頭を嚙み、きみの内臓を湖へまき散らして、ほかの連中がむさぼり食えるようにするのさ」。ワニの声は遠い岸ではじけるさざなみに聞こえた。この優しい、安心させる音がギュスターヴの頭を満たし、残存していた疑念や不安をやさしく追い払ってしまった。

ギュスターヴはワニの首を抱き締めて、同意を表わしたいところだった。怪物への彼の好意はごく僅かのうちに急速にはね上がり、もうたんなる合意を超えてしまっていた。ギュスターヴは赤面した。

「これは素敵な提案だ」と彼はいささか落ち着かずに言った。「どう思うかい？ パンチョは？ わしらは湖に跳び込むとするか？」

「もちろん」とパンチョは言いながら、ワニにうっとりと見とれていた。「ただし、わしもともに食われる場合だけだよ。これもひょっとしてうまく

手はずが整っているのかい？」
　「はっきり言って、わしはもうかなり満腹だ」と怪物がゴロゴロ喉を鳴らした、「でも馬半分かそれくらいなら、まだ余裕がある。きみの腹を切り裂き、あちこち味見することはできよう」。
　「それで、わしらはいったい何を予期することになるんだい？」とパンチョはたまりかねて叫んだ。「跳び込もうぜ！」
　馬は後方にもう２歩小踊りしながら進み、後脚をたたみ込んで、跳び込みの用意をした。ワニはのろのろと音もなくその大顎を開けて、緑色に輝く舌をぬめりや青血の水面すれすれに現わした。周りは鋭く切り立った歯の山並みで囲まれており、そこには騎士の武具の切れ端が詰まっていた。
　ギュスターヴは手綱を緩めて、パンチョに拍車をかけた。「さあ、行くのだ！」陽気に叫び声を上げた。
　パンチョは絶壁の先端へ跳んだ。湖の中の怪物たちは一斉にため息をつき、待ち望んだ期待でいっぱいの喜びの音を立てた。ところが奇妙なことに、この物音を耳にしてギュスターヴの胸は氷の刃で貫かれたみたいになった。同時に一つの考えが彼の脳裏にひらめいた——自分の心は美しい少女のものなのに、どうして全怪物中もっとも恐ろしい怪物を愛することができようか？　彼のうちで、何かが帆布みたいに裂けたように思われた。目眩を覚え、胸に手を当て、均衡[バランス]を失った。そして馬に倒れかかったちょうどそのとき、馬パンチョは大胆にも絶壁の上を跳び越えた。ギュスターヴは背中の武具をカタカタさせながら落下したのだが、できるだけ早く四つんばいになって崖の先端の上を這った。下からはばしゃんというしぶき音、いななきの声、ぶーぶーいう声の地獄の沙汰が聞こえてきた。ギュスターヴが崖の端を見やると、ちょうどパンチョが後脚と臀部を始めとして、怪物ののどの中に消え失せてゆくところだった。この馬の鼻面には至福の——否、有頂天の——表情が表われていた。
　「おれはこのワニが好きだ！」とパンチョはもう一度しきりに叫びながら、消え失せてしまった。
　その爬虫類は顎をぱちっと閉ざし、ぐっと飲み込んでから……再びギュス

夜間の爆走　　117

ターヴに愛情あふれる目を向けた。
「おい、何を待っているんだい？」と怪物が尋ね、鴛鴦のように甘く囁いた、「どうして跳び込まないの？」
「うん、まあ」とギュスターヴはどもった、「心が……」。
ワニの重たい瞼が下がった。
「ちぇっ」と怪物がうなった。「お主は忠実な騎士だって言ったろうが？」
ギュスターヴはうなずいた。
「そうともな！」ワニは叫んだ。「お主は真の遍歴の騎士だろうが？」その声は今度は冷たくて侮蔑調になった。
ギュスターヴはトランス状態から目覚めたようだった。自分は何をしようとしていたのか？　パンチョにはいったい何が起きたのか？　どうしてここに這いつくばって、爬虫類と話をしたりしているのか？
「わしの声のトリックも、まんざらではなかろうな？」と怪物はニヤリと笑った。「どう作用するのかは見当はつかぬが、いつもうまくいくんだ。まあ、音響催眠術の一種ってところかな。サーカスに出演することだってできようぜ」。
ギュスターヴは全力を集中した。「あんたは本当に**全怪物中もっとも恐ろしい怪物**らしいな」と彼が叫んだ。遠くで雷が谷間にとどろき、ふと見ると、ワニは大空へ苛々した目つきを向けていた。
「あんたはわたしの馬を食ってしまったんだ」と彼は続けた。その声は怒りと決意で震えた。そして剣を抜いた。「今下へ降りて、あんたを殺し、あんたの歯を１本引き抜くとしよう。それを望んだのはあんただよな、**全怪物中もっとも恐ろしい怪物**さんよ！」
「そんなに大声を張り上げるなよ！」とワニが囁いた。
「何だって？　何を大声で叫ぶなというのかい？」
「**全怪物中もっとも恐ろしい怪物**のことさ。もう少し小声で話せないかい……？」
「どういう意味かい？　あんたは**全怪物中もっとも恐ろしい怪物**ではないのか？　もしかして？」ギュスターヴは声を低くするつもりはなかった。

118　夜間の爆走

またも激しい雷鳴が轟いた。
　「しーっ！」とワニ。
　「**答えなさい！　全怪物中でもっとも恐ろしい怪物め！**」
　ギュスターヴはかっかしていた。彼の命令は山間の激しい雷鳴で強められた。
　「えーと、えーと……、もちろんわしは恐ろしい怪物だが、うん、平均的に恐ろしいだけなんだ……」とワニは口ごもりながら、歯をきしらせたり、爬虫類らしい目で空をじっと見つめたりした。
　「おい、おい！」ギュスターヴが叫んだ、「あんたが全怪物中もっとも恐ろしい怪物じゃ全然ないというつもりではあるまいな？」
　逆巻く湖の上の空は暗くなりかけていた。猛烈な一陣の風がさっとよぎり、灰色の雲が谷間の上をだんだんと暗く、よりいっそう濃い螺旋を描いてぐるぐる回った。岩の崖の上にいた怪物たちはパニックに襲われて、一斉に湖に跳び込んだ。巨大クモは割れ目から後ろ向きに倒れ、空中を飛んで、逆巻く水面に落下しながら、狂ったように脚をばたつかせた。ワニは強烈なうなり声を発したし、すると最後の食事の残り物——頭、足、鎧で守られた腕——がその口から飛び出してきた。ワニは尾を激しく打ちつけてから、頭をまず青い波の中に突っ込み、そのため生じたどくどく流れる渦巻きで、ほかの僅かな残りの怪物たちも深みに吸い込まれてしまった。一瞬後には、湖が怪物たちでいっぱいだったという跡形もなくなった。
　渦巻く雲の間から今度は威圧するような騒音、ブーブーハアハアいう音がつむじ風や雷鳴よりも強く聞こえた。
　雲はカーテンみたいに分離し、暗い隙間から筆舌に尽くし難い人物が現われた。悪意があるにしてはあまりにグロテスクで、滑稽であるにしてはあまりに醜悪だった。龍よりも大きく、トカゲの爪のある前足、山羊の後脚、蛇の尾、ワシの翼を持ったブタだった。
　僅かな堂々たる羽ばたきとともに、その怪物はギュスターヴのいた崖の上から襲いかかり、旋回した。
　薄暗い雲の渦巻きが怪物の後を追い、その下で黒い霧の群れとなって拡散

夜間の爆走

していった。その霧の中で灰色状のものが動き回ったが、幻みたいに見えるだけだった。霧状の物質が突如出現したかと思うとすぐに消え失せ、絶えずひっくり返りながら相互に融け込んでいった。

「わしが全怪物中もっとも恐ろしい怪物だ」と翼のあるブタが鼻を鳴らした。それは明らかに、ギュスターヴに向けてというよりも、青血の湖に潜む怪物たちに向けられていた。その声があまりにも大きかったからだ。「わし、わしだけがだ！」

ギュスターヴは返答するためにありとあらゆる勇気を振りしぼらねばならなかったのだが、他方、状況は徹底的な解明を必要としていた。

「失礼とは思うけど」と彼は始めた。「ほかの者たちも自身について同じ主張をしてきたんだ。だから、わたしとしては証拠を示してもらわなくてはならぬ。悪気はないのだけど、わたしは今日、すでにはるかに恐ろしい姿をした怪物をほかに見てきたんだ——たとえば馬の大きさのクモをね」。

巨大なブタはその黒いブタの目でじっとギュスターヴを見つめ、ため息をつき、著しく低い声で話しだした。「ここじゃ美容(エステ)の基準は問題じゃない」。その後に思案げなブーブー音が続いた。さながらより長くて整然たる議論のために、いろいろの考えを集めねばならないかのようだった。

「大事なのは外見じゃなくて、効果なのだ」と怪物は続けた。「わしは天使の翼と悪魔の顔をしている。わしの皮膚はざらざらしたサンド・ペーパーみたいだし、舌ときたら……おお、この恐ろしい舌が何からできているのか、自分でも思い出せんわい！ わしは何でも食べている——植物であれ、肉であれ、砂であれ、泥であれ、材木であれ、石であれ、鉄であれ、金であれ、星であれ、遊星であれ。わしは水や空気を食っている。光だって食べている！ それに、若いの、おまえさんだってな。実はもうすでにそうしているんだぞ。おまえは若すぎて気づいておらんがね。いつかわし本人をも自分で呑み込むことだろう。そのときは宇宙が破裂するだろうぜ！ でも、おまえさんはもうそれを体験することはなかろう。もう誰もな」。

ギュスターヴはこれほど自信たっぷりで印象的なパフォーマンスに圧倒されてしまい、心に浮かんだのは、沈んだ声で「いったいあんたは誰？」と尋

120　夜間の爆走

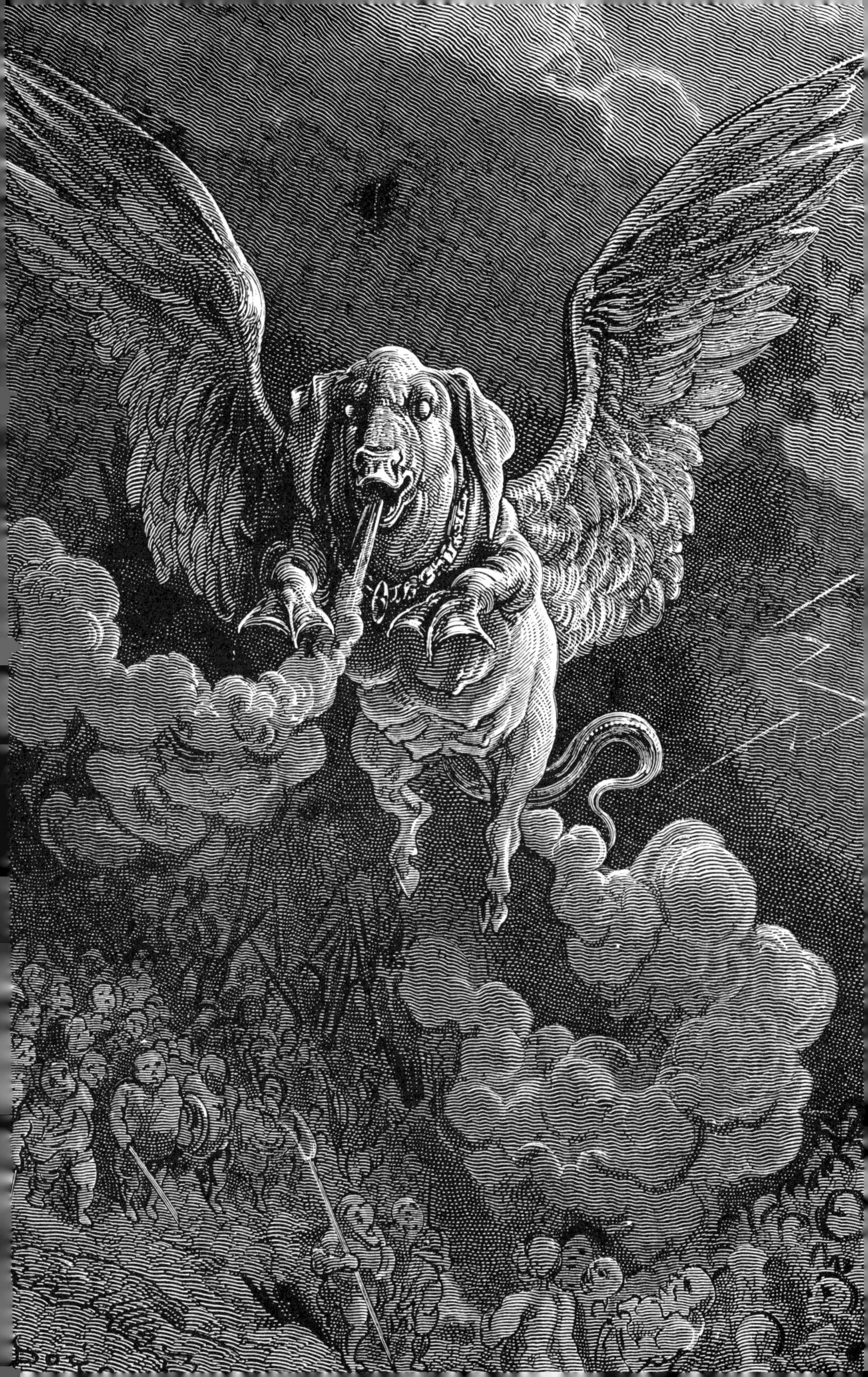

ねることだけだった。
　「わしは時間だ！」と翼のあるこの怪物は勝ち誇ってキャッキャッと笑った。その下にいた灰色の姿をしたものが、さらに一層興奮した状態で動き回った。
　「これらはわしのマイクロ秒の軍勢さ」と時間 - ブタが霧状の物体を指しながら、爪先の前足で見下げるような態度をしながら説明した。「瞬間、目ばたき、砲火、はかない歩兵みたいなものさ。でも膨大な数のそういうものを世人は必要としているんだ」。
　ブタはひらりと舞い降り、ギュスターヴの前の崖に止まり、後脚で立った。ギュスターヴの背丈を数倍も上回った。
　「わしのことはもういい。で、お主は何者かい？　全怪物中もっとも恐ろしい怪物と知り合いになりたがっているのは、いったい誰なのだい？」
　「ぼくの名はギュスターヴ。ギュスターヴ・ドレだ。」
　「耳にしたことがないな」と時間 - ブタは言いながら、口から臭い雲塊を吐きかけた。
　「うん、それも不思議じゃない」とギュスターヴが言った、「ぼくはまだかなり若くて、自分を知らしめる機会がなかったんだ。ぼくがここに来ているのは、自由意志からではなくて、死神の命令によるものなのさ」。
　「死神だと？」とブタがどなった、「死神、あのまぬけかい？　あんなものがいったい何を欲しているのかい？　奴はむしろ自分の霊魂棺桶を彫ったり、奴のいかれた妹を監視したほうがましじゃろ」。
　「それじゃ、あんたは死神の召使いではないのかい？」
　「いや、そうなのではない。いや、むしろ……何てくだらん質問をするんだ！　わしは誰にも仕えたりはせん！　死神とわしは……ときどき協力することもあるが、それだけだ」。
　時間 - ブタは苛立っていて、不機嫌なように見えた。「とにかく、おまえはいったい何を探しているのかい？」
　「まあね」とギュスターヴは口ごもりながら言った、「これは長くて込み入った話なんだ。だからお願いだから、あまり興奮しないでおくれ！……今も

夜間の爆走　　123

話してきたように、ぼくはあんたの歯を1本引き抜かなくちゃなるまい」と とうとうはっきりばらしてしまった。

　すると巨大ブタの態度が一瞬にして一変した。ギュスターヴに頭を垂れて、苦痛と希望の入り混じった表情でじっと彼を見つめたのだ。

　「わしの歯を1本欲しいのかい？」とうなるように言った。「それはもっけの幸いってもんだ！」ブタは顎を開け、ギュスターヴにのどの奥深くまで見させた。「わしはひどく脹れている臼歯が1本あるんだ。付け根がすっかり硫黄で詰まっている。わしの口から発散している悪臭が分かるかい？　ほとんど耐えられないんだ！」

　ギュスターヴはブタの口の中をのぞいた。本当だった。下顎の右手から発散する臭気を嗅ぐことができただけでなく、実際に見ることもできた。火山の噴火口から立ち上がる煙みたいに、そこでは黒ずんで放置された残りの歯にまじって、とりわけ腐敗した歯が突き出ていた。

　「わしはこれまで、わしをそんなことから解放してくれるよう誰も説得することができなかったんだ。おまえさんがその仕事を引き受けてくれるなら、恩に着るよ。」

　ギュスターヴは臭い口の中をもう一度見つめた。臭くて吐きそうになった。でもむてっぽうにも言った、「やってみよう……その抜いた歯を受け取れるのならの話だが」。

　「おまえさんへの贈り物だ！」とブタが叫んだ。「贈り物だよ！　もちろんこんな厄介な代物はおまえさんが手にしてかまわないよ！　わしは解放されれば喜ばしい」。

　「それじゃ四つんばいになってくれないか」とギュスターヴは頼み、剣を抜いた。「そして口を少し大きく開けておくれ！」

　ブタは従った。ブタは下顎を下げたので、ギュスターヴは勇敢にもつるつるした舌の上に片足を差し入れた。実際には何を行ったのかを誰もはっきりとは言えなかったろう。悪臭はほとんど耐えられなかったが、ギュスターヴは息をつかぬようにして、できるだけ手際よく行動するようにした。剣の先を歯ぐきと歯根の間に挿し込み、叫んだ、「少々痛いぞ！」そして、きっぱ

りと刺し貫いた。刃が数本の神経組織を分離し、ブタは苦悶のうなり声を発し、壊れた歯の穴からは大人の腕ほどの太さの血や膿がどっと吹き出した。ギュスターヴはそれに惑わされはしなかった。剣をてこに用いながら、全体重をかけてその上で体を支え、燃えたくほみから壊れた歯を持ち上げた。強いボンという音が聞こえた。ギュスターヴはその歯をひっ摑み、残りの神経からグイと引き離し、空気を吸おうと喘ぎながら、外へ出た。

　時間 - ブタはうめきながら身を湾曲し、それから背を丸め、すすり泣き、金切り声を上げ、吠え立て、翼をヒステリックに打ちつけた。一方、ギュスターヴはその歯を注意深く草むらでぬぐい、それを胸帯の下にしまった。

「ねえ、気分はいいかい？」と彼はブタに尋ねた。

　怪物はもうかなり落ち着いており、泣きじゃくりながら右頬を引きつっていた。「ひどい目に遭ったわい」とうめいた。「でも、お礼をいうよ！　もうかなり回復したよ」。

「それは良かった」とギュスターヴは言い、すぐさま本題に入ることにした。「あんたに恩返しをお願いしたら、ぼくのことを無礼と思うだろうな？」

「あんたはすでにわしの歯を手に入れたんだぞ！」とブタはうめいた。「それに、わしはたいそう忙しいんだ」。

「要求に応えてくれさえすりゃいいんだ」とギュスターヴ。「ぼくの次の課題は自分自身に会うことなんだ。でも、ぼくはどうしたものか、とんと見当がつかないんだ」。

「それは不可能だ……」と時間 - ブタは思わせぶりに言った。

「分かっている。」

「まあ、わしの話をしまいまで聞け！　あんたがあんた自身の時空連続体に留まっている限りは、それは不可能だ。けれども、あんたの連続体を変更すれば、あんたの時空連続体の可能な投影をあんたの未来偶発性のコンテクストで眺められるだろう……そして、それは多かれ少なかれあんた自身に会うのと同じことになろうよ。」

「ぼくには分からん。時空連続体……ってのはいったい何のことだか……。」

「時空連続体の可能な投影か？　未来偶発性のコンテクストでのみ眺められるということだ。言い換えると……うん、わしもどう説明してよいか分からん。でも、あんたをそこへ連れて行くことはできる。」
「本当かい？」
「もちろん。わしらがやるべきことは、未来へ旅することさ。」
「あんたにはできるのかい？」
「へえ」とブタが叫んだ。「よいか、わしは時間なんだぞ！」

ギュスターヴは時間－ブタの背中に乗っていた。ブタは今なお少々の血と膿を青血の湖に吐いてから、革のような翼をはばたいて飛びたった。一瞬のうちに両名は雲の層を通り抜け、ますます高く飛翔した。時間がもうひとはばたきすると、両名はすでに地球の雰囲気を脱していた。この奇妙なカップルは四方八方を漆黒の闇で取り囲まれた。そこに斑点をつけていた星々の輝きはあまりに眩しくて、ギュスターヴの目を傷つけるほどだった。両名の下では地球が青白い球へとますます小さくなっていった。
　「おやおや、何てことだ」とギュスターヴが叫んだ、「息がつけるぞ！　宇宙には空気がないものと思っていたんだがなあ」。
　「ばか野郎」と時間－ブタが応えた。「宇宙にはなんでも揃っているんだ！　ここじゃ、音もありっこないとみんなから言われている。仮にそうだとしたなら、どうしておまえはわしの言うことが聞こえよう？」
　ギュスターヴは宇宙の音響効果がよいのに驚いた。太陽の炎がパチパチ音を立てたり、遠くの星々がティッシュ・ペーパーのようなパリパリ音を出したりするのが聞こえた。両名がちょうど月の上を飛んでいて、ギュスターヴはクレーターの一つ一つの底に明かりが一つ煌めいているのを見かけたように思った。
　「平静の海さ」と時間－ブタが訊かれもしないのに説明した。「あれは死神の家なのだ。明かりがついているから、在宅しているに違いないよ」。
　ギュスターヴが応答する前に、時間－ブタは翼を数回激しくばたつかせた。すると両名は半ダースもの遊星、さらには月や小惑星の大群の間を通過していた。しばらくの間、暗黒の無の中を飛んだ。いくつかの細かい恒星が遠方で煌めいていた。それから光の点が増えて雲や街道に凝縮し、とうとう星座を形づくった。そのなかにはギュスターヴが見慣れた形、たとえば、ギャロップで駆ける馬がおり、彼にパンチョ・サンサの痛ましい記憶をかき立てた。次々と連続する出来事にすっかり打ちのめされて、彼はこの忠実な旅の同伴者を失ったことをしかるべく悼む暇もなかった。
　「そうさ、ここは宇宙だよ」と時間－ブタが弁じた、「実はな、地球上にいるときも宇宙の中にいるのだが、人はこの上に飛び上がるときになって初め

夜間の爆走

てそのことに気づくと思うんだよ、そうだろう？　どんな望遠鏡で見ても、こんな崇高な印象は伝えられんぞ」。

「そのとおり！」とギュスターヴは低く応えながら、限りなく素晴らしいパノラマに圧倒されていた。

「でも若いの、あまり感心しすぎるんじゃない！」と時間－ブタが命令した。「宇宙はここからはたいそう壮大に見えるかも知れんが、その仕組みは……ほど複雑じゃないんだ」。ここでブタは比較を探そうとした。「たとえば、百貨店のそれほど……」。

ギュスターヴは森の中で、老婆がやはり百貨店の話を持ち出したことを思いだした。

「三階から成り、それぞれの階で時間が異なっているものとする。一階には現在、われわれのいる現在がある。地階には過去が、つまり、すでに起こったすべてのことが積み上げられた倉庫がある。そして二階には未来が、つまり、これから起ころうとしているすべてのことのためにリザーヴされている。言い換えると、たぶん起こるかも知れぬことが。われわれはそこへ向かわなくちゃならんのだ。」

「ぼくはかつて或る老婆に出会ったことがある。彼女が言うには、夢の世界は百貨店みたいだとのことだった――ぼくの理解が正しければだが。」

「それが夢の例の王女でなかったら、と望みたいよ！」と時間－ブタが笑った。「あの手の連中は宇宙全体が夢だと主張したがっているんだ。まったくもって主観的な宇宙解釈さ！　でも、哲学的な前望としては悪くないと思うよ」。

「もしそうだとしたら、それを夢みるのはいったい誰なのかなあ？」とギュスターヴは思案した。

「そうさ、それは次の大問題となるだろうな。その場合、宇宙はいったい誰によって夢みられるのか？　言うのは難しい。ひょっとしてわしなのかも？　これまた、はなはだ主観的な仮定ということになろうな」。時間－ブタは面白そうにぶーぶーうなった。「でも、わしは夢みたりはせぬ。眠りもしないんだ。たぶん……そいつは集団の夢なのかも。たぶん、みんなの夢かも。た

128　夜間の爆走

くさんの夢想家によってかき回されたオートミール粥みたいなものかも。とにかく、あまりおいしそうな仮説とは思えんな」。

　ギュスターヴもうなずいた。彼の頭とほとんど変わらぬ大きさの、小さな流星が鼻の先数センチメートルの所をきりもみして行った。その小さな噴火口の一つから、地下の小火山がかわいらしい炎の雲を吐き出していた。

　「たぶん宇宙はきみによって夢みられるんだろうよ」と時間 – ブタが言った。「誰にも分からないけど」。

　ギュスターヴはしかめ面をして言った。「もちろん、ぼくは今眠ったりなぞしていない。なのにどうして夢みたりできようか？」

　「それもそうだな。それじゃ、わしらの元の質問に立ち返ろう。誰が宇宙を夢みているのか？　少なくともわしら二人は容疑者としては排除されるかも知れん。ひょっとして土星に住むアリによって夢みられるのかもね。」

　「本当に土星にはアリがいるの？」

　「もちろん。アリならどこにでもいるよ。なあ、きみは土星のアリには頭が三つあるのを知っているかい？」

　「もちろん」とギュスターヴ。

　「きみは、妙な若僧だな。土星にアリがいるかどうか知らぬくせに、三つの頭を持っていることを知っているとはな。」

　ギュスターヴは時間 – ブタに説明することもできたろうが、放っておくことにした。

　その代わりに彼は尋ねるのだった、「何でも夢みる者が目覚めるとき、何が起きるのかい？」

　ブタはまたしても笑った。「そのときは、若いの、こんばんは！　さ。そのときはこんばんは！　だ」。

　さらにいくつかの小流星が、今度はいくぶん速く回転しながら通過した。ギュスターヴには滝みたいな、物音、囁き、轟きが聞こえたような気がした。それとも、大きな火の玉か？　太陽か？

　「もうすぐだ！」と時間 – ブタが叫んだ。「しっかりつかまるがいい。すぐに厄介な状況にさしかかるかも知れん」。

夜間の爆走

強大な惑星が彼らの頭上を轟音とともに通過した。ギュスターヴの感じでは、ある力に引っ張られ、目に見えぬ大拳が彼とブタを丸め込み、強引に引きずっていこうとしているかのように思われた。
「そこに着いたのか？　ぼくらはいったいどこにいるんだい？」
「あそこの下に赤い点が見えるかい？　赤いオーロラを引きずっているものが？」
「うん。あれは星なの？」
「いや、星じゃない。銀河の溝だ。近道をしよう、早くなるから。溝は少し見すぼらしいが、あのだらけた黒い穴よりも速いんだ。せめて光に変えられたり、スパゲッティみたいに引き伸ばされないようにしなくっちゃ。元の形をしっかり保つことだ。言葉だけは、話すときに少々間延びすることがあるがね。」
「銀河の溝って、いったい何だい？」
「いわば天の川の排水穴だ。未来へのエレヴェーター、明後日への滑り台さ。言っておくが、ここの上には何でも揃っている。黒い穴、白い穴、赤い穴。わしはベテルグーズの近くで一つの穴を見たことがあるが、その色は名づけることのできかねるものだった。」
　そうこうするうちに、赤い点は深紅色の渦巻きへと拡大しており、ギュスターヴの視野の半分を占めるに至った。長い螺旋状の深紅色の縞に引きずられており、液状の溶岩みたいに輝いた。
「旅好きのワインみたいだ」とギュスターヴが言った。「もっとはるかに大きいけど」。
「旅好きのワインだと？」時間-ブタは笑った。「すぐにもがぶ飲みしてもよさそうな飲み物らしいな」。
「大変素晴らしいものなんだ。」
「まあな」とブタが応えた、「危ない物はよくそういう外見をしているよ」。
　さざめきは耳を聞こえなくするほどの雷鳴にふくらんだ。ギュスターヴが見ると流星、彗星、月、惑星全体の群れが渦に引き込まれ、回転する中心に吸い込まれて、跡形もなくその中に消え失せてしまった。まるで身体の皮膚

が引き剝がされたかのように感じた。
　「しっかり踏んばるんだ！」と時間 - ブタが叫んだ。
　両名は赤い渦巻きの中に跳び込んだ。するとギュスターヴの頭はばりばりぱちぱちいう音で満たされた。星々を見ると、黒、白、黄、赤、橙、緑、青、薄紫、金、銀、またも赤に見えた。暑くなったり寒くなったり、またも暑くなったりを繰り返した。それからすべてのものが無数の多彩な雲片に分解し、息を飲むような美しい旋回パターンを形成した。すると同時に、完全に静まってしまった。
　「ウァウァ　ヒヒヒ　ムウムウムウ　ダダダ　イシシ　ファファファ　リリリー　ノホホ　ガーツル　ニッヒト　デフィニールト」と時間 - ブタが叫んだ。その言葉はゴムでできているかのように響き、誰かに引き伸ばされているみたいだった。
　「カカカカガガガクククテテテキニ　テテテイイイギギギスススルルルトツツママリリ」とブタが続けた。「タタタダダダシシシ　アアアルルル　ヒヒヒニニニ　ダダダレレレ　カカカガガガ　キキキテテテイイイシシシヨヨヨウウウトトト　スススルルルデデデアアアロロロウウウ。ソソソシシシテテテ　ソソソノノノコココジジジンンンガガガ　ジジジコココシュシュシュチョチョチョウウウシシシテテテ　ワワワシシシガガガ　ホホホンンントトトウウウニニニ　カカカツツツドドドウウウシシシテテテ　イイイルルルンンンダダダ！　トトトイイイウウウダダダロロロウウウ」。時間 - ブタはしゃがれ声で笑った。「ソソソシシシテテテ　キキキミミミハハハ　シシシルルルダダダロロロウウウ　カカカレレレラララガガガ　ナナナニニニモモモノノノナナナノノノカカカヲヲヲ。カカカレレレラララハハハ　ゼゼゼツツツタタタイイイニニニ　オオオンンンシシシラララズズズニニニチチチガガガイイイナナナイイイ！」
　両名が突進したトンネルは絶えず形を変えていった。あるときは円く、あるときは四角、あるときは三角、それからまた円く、それから平らに、等々。とうとうすべてのものが暗い井戸の底みたいになり、そして星のない暗闇の中を身動きしないで飛び続けた……永遠に向かっているかのように、ギュス

ターヴには思われた。
「きみにはきっと永遠に思えることだろうが」と時間 - ブタが叫んだ、「百年にも及ばないんだ！」
「もう百年も未来へ旅し続けているのかね？」とギュスターヴが尋ねた。
「百年きっちりではないが、ほぼそんなものだ。」
時間 - ブタは赤らんだ顔に不安げな表情を浮かべて、周囲を見回した。
「下水溝のこんな暗い所は好かんな。こんな宇宙地帯にぐずぐずしていたくはないよ。あたりはつまらぬ屑だらけだ。近道をするとこんなことになる。ご難続きの場所を通ることになりがちなんだ。」
下水溝の底から、ギュスターヴに馴染みのように思われる音が聞こえてきた。それがどこから出ているのかをはっきりと突きとめることはできなかったが、彼は本能的にそれを重大な危険と結びつけた。いまだ遠く離れているとはいえ、速やかに迫りつつあるらしかった。
「こんな不都合を招来すべきじゃなかったのに」と時間 - ブタがうなった。「厄介なことがもち上がったわい」。
とうとうギュスターヴは物音の原因、いやむしろ、二つの原因を突きとめることに成功した。なにしろ彼のほうに向かって真っすぐに、絶えずうなりを増強させながら接近しつつあったからだ。それはシャム双生児の大竜巻——彼のアヴァンチュール号を沈没させてから空中に消え失せた、あの二つのテレパシー・サイクロン——だった。このサイクロンが今や回転する星々、宇宙ガス、永久氷からなっており、流星や小惑星を周りに叩きつけ、地上で行ってきたのに劣らぬ、横暴振りをここでも発揮していた。
時間 - ブタは翼をばたつかせて、二つのサイクロンにねらいを定めた。「シャム双生児の大竜巻め！」とがなり立てた。「奴らのど真ん中を突き進まなくちゃならん。これが唯一の抜け道だ」。
「ぼくももっと早くそのことを知っていたらなあ」とギュスターヴがため息をついた。「そうしたら、この旅もまったくちがった天界をたどっていたろうに」。
二つのサイクロンはギュスターヴの左右に怪物の石臼みたいに旋回し、そ

の轟音は彼の頭蓋骨をも破らんばかりだったし、それらが生じさせる宇宙風は彼を時間 - ブタの背から引き離さんばかりだった。それでも彼は力いっぱい時間 - ブタの剛毛にしがみつき、竜巻がコミュニケーションの手段として前後に放つ雷電の下で身をかがめてよけようと試みた。

　パチパチはじく電力野から両名ともやっと飛び去ったとき、ギュスターヴは自分の体がばらばらになろうとしているのを感じた。雷電が彼の片耳を射抜き、脳をジュージューと音を立てながら通過し、もう片方の耳から去ったのだった。彼は竜巻が互いに交わしていたテレパシー・メッセージに傾聴すべきだったであろう。信じ難いぐらい野蛮で無慈悲な竜巻は狂気と盲目の破壊欲を伝えていたのだ。ギュスターヴの頭上には岩石の破片がビュンビュン鳴ったし、彼の口と鼻は宇宙ダストでいっぱいになり、ほとんど息が詰まりそうだった。それでも、とうとう網が引き裂かれるかのような衝撃や物音がしたと思うと、両名はサイクロンの間を脱出していたのだった。竜巻は大暴れし、雷電を周りに放出しながらも、さっと銀河の下水溝の暗闇へと退散してしまった。

　「プー！」と時間 - ブタが口を開いた。「シャム双生児の大竜巻め！　言っておいただろう。この辺じゃ最悪の宇宙の屑がうごめいているって。あのサイクロンどもが雷電を通してコミュニケーションを取っていることが分かったかい？」

　「うん、分かったよ」とギュスターヴが答えた。

　「あんたはずいぶん物知りだ」と時間 - ブタが感心した。

　両名は沈黙と暗闇の中を長らく滑って行った。そして、ギュスターヴはこれがはたして近道なのかと疑いだした。いったいこれはどこへ通じているのか？　まあ、未来だとしよう。でも、厳密にはどこの未来なのか？　時間 - ブタにこういう質問をする前に、突如暗闇の中から雲が湧き起こり、銀河の下水溝には轟音、遠吠え、狂ったゲラゲラ笑いが反響した。

　「こりゃたまらん！」と時間 - ブタがうめいた。「こんなところは大嫌いだ！」

　そこへひとりの騎士が荒馬に乗って両名のほうに向かって駆けつけて来た。ギュスターヴはそれが誰だかすぐに見分けたのだが、様子は以前とは一変し

夜間の爆走

ていた。死神だった。マントをひらひらさせ、大鎌を振り回しており、足許には大騒ぎしている悪魔の群れを従えていた。ギュスターヴとその傲慢な乗馬には全然気づかないようだったし、とにかく彼らには一瞥もくれないで、頭をまっすぐ立てたまま突っ走って行った。

　ギュスターヴには、死神の頭、その顔が元のようではないように、……そう、前ほど死んではいないようだった。そのかつてのむきだしの頭蓋骨は今では薄い皮で覆われているように見えた。眼窩は以前通り、空っぽで黒いままだったが。

　この野性の集団は現われるのと同じぐらいすばやくかき消えてしまった──竜巻と同じ方向に引きずられて。

　「あれは死神だったんだ！」と時間-ブタが説明した。

　「分かっていたよ」とギュスターヴが応じた。「でもあんたは確か、死神は月に住んでいる、と言ったじゃないか？」

　「そうさ。おれたちは銀河の下水溝にいるもんだから、若いの、ここじゃ万事がいささか違ったはたらきをしているんだ。きみは伝統的な時間の観念から少しずつおさらばしなくちゃいかん。さもないと、ここじゃ正気を失うことになるぞ！」

　「死神はどうしてあんなに若く見えたのかね？」

　「簡単なことさ。当時はまだ若かったのさ！　死神は数百年前は疾風怒濤時代にあったんだ。きっと人類に何かペストをもたらそうとする途上にあったんだろう」。時間-ブタは軽蔑するように暗闇の中にプッと唾を吐いた。「当時ははるかに野心的だった！　自分の活動には価値があり、素敵な考えに満ちていると確信していたのさ。伝染病、十字軍、戦争、大量虐殺、革命といったものでな！　ところが死神がどんなにあくせく働いても、地球の人口は続けざまに倍加していったんだ！　それで或る時点でガックリ力を失ったんだ」。時間-ブタは同情の笑いを洩らした。「当時はきみも見たように、まだかなり多くの門弟がいた。でも今日日の彼を見たまえ！　ほんの骸骨だ──以前の彼本人の影に過ぎない。欠かせぬ最小限の仕事をし、月の隠居所に引きこもっている。今じゃせいぜい子供たちを驚かせるだけだ。かつての

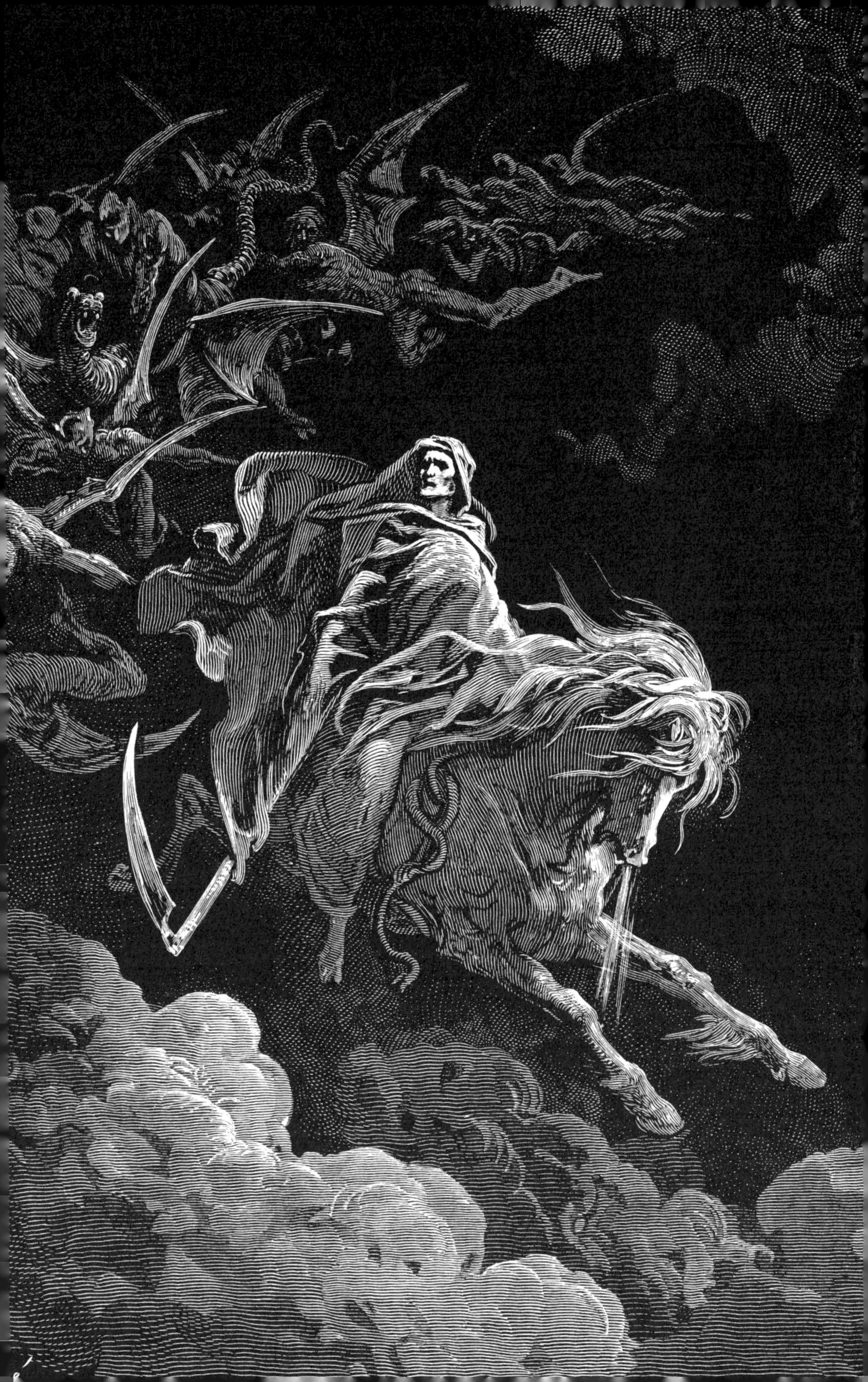

門弟のうちで残っているのは、狂った妹だけだ。死神は老いた年金生活者になっちまったのさ」。

「死神でも老いるのかね？」

「もちろんさ」と時間 - ブタが答えた。「わしだって老いるよ。ちくしょう、わしは時間なんだ。誰もこの運命から逃れられはしない。それを好まぬ者は別の宇宙を探さなくちゃならん」。

ギュスターヴは両名が銀河溝に入り込んだときに耳にした、あの音をまたも聞いた。小石をずらしながら音を立てて流れる滝みたいな音だ。その物音はさっと近づいてきて、鳴動に変じた。トンネルは黒みを失い、またしても赤、黄、青の光が渦巻く斑点でいっぱいの巨大な多色の立て坑へと一変した。

「すぐそこだ！」と時間 - ブタが叫んだ。「しっかり摑まれ！」

ギュスターヴの脳裡では、またしてもパチパチ音、キーキー音が次々に響き、一瞬にして彼と乗馬とはともに宇宙の闇の中にまたも叩きつけられてしまった。すべての動きは止んだ。暗黒の虚空は冷たく、静かで、星屑で充満していた。

「二階に着いたぞ！」と時間 - ブタは厳かに宣言した。「未来に着いたぞ！」

未 来をギュスターヴは現在と同じものと見ていた。空白のある暗黒の虚無だ、と。

「今きみが何を感じているのか、分かっているよ」と時間 - ブタが言った。「きみは幻滅を感じているんだ！」

ギュスターヴはうなずいた。

「きみは未来を違ったふうに思い描いていたんだろ？　でも、ここじゃほとんど何ひとつ変わっちゃいない——とにかくそれほど劇的には変わっちゃいない。あの下のほうにある霧が見えるかい？」

「ガスの霧？　馬の頭に見えるあれ？」ギュスターヴはまたしてもパンチョのことを思わずにはおれなかった。

「そのとおり。今から1億年間ずっと同じに見えるだろうよ。でも、絶えず変化し続けているんだ。毎秒ごとに。」

「どうしてあれが馬の頭に見えるんだい？」

「皆目分からんよ。なぜ馬の頭が馬の頭に見えるのか？　なぜわしがブタに見えるのか？　なぜきみがきみのように見えるのか？　わしはそこに深い意味があるとは思わないよ。」

突如音楽が聞こえてきた。美しい、ちょっと無気味な美しい音楽であって、ギュスターヴも以前耳にしたことのあるものだった。タツノオトシゴの歌だった。クラゲの群れが泳ぎ過ぎた。黄、赤、橙のクラゲがバレエの踊り手のように音楽に一致して動いていた。

「クラゲどもはいったいここで何をしているの？」とギュスターヴが訊いた。蠢いているクラゲの一匹に見覚えがあるように思えたのだ。そのクラゲには、赤い胴体と黄色の触手が背後についていた。

「あれは最後のクラゲたちだ。宇宙の一種の会葬者たちさ。この上の待避湾で漂っていて、地上で誰かが溺れるのを待つのさ。クラゲたちは溺死者の前に姿を現わすんだ。」

ギュスターヴは今やさらに、ほかの動物たちを目撃した。憑かれたように羽をバタつかせているハチドリの群れ。新聞紙を広げた大きさの羽根のある多色チョウチョウの雲。巨大フラミンゴたち。深海魚たち。アカエイたち。

キチン質の胴体を磨いた半貴石みたいに輝かせている大トンボたち。
「あんたがどんな死に方をするかに応じて、これら最後の動物たちの一つを目にすることだろうよ。焼死するものたちには最後のチョウチョウが現われる。心筋梗塞の犠牲者には最後のハチドリたちが。ここは正真正銘の死の幼稚園なのさ。」

タコの大集団が優美に泳ぎ過ぎた。黄緑の縞のある蛇が空虚の中をふんわりとかすめた。ピンクのフラミンゴたちが隊形をなして威張って歩いた。
「死に方が苦しくなくなるほど、あんたの見る動物たちは魅力がないんだよ。あんたが老衰で安楽死すれば、あんたが見るのはニワトリだけだ。最後のニワトリさ。ニワトリがクックッと鳴くと、あんたは御陀仏だ。」
「その後で死神が魂を受け取る、というのは本当かい？」とギュスターヴが尋ねた。「それから魂を熱し続けるために太陽へ投げつけるというのは？」
「宇宙のこんな大秘密を知ろうというのかね？」と時間 - ブタが問い返した。「若いの、きみはわしには驚きの連続だよ」。

ギュスターヴは控え目に咳払いした。「死神はぼくに間違ってそれを洩らしただけなんだ」。
「たしかに死神はあんたにそれを洩らした」と時間 - ブタが笑った。「でも間違ってはいなかったんだ。死神は四方八方どこにでも吹聴する。人が聞こうが聞くまいが、誰にでも語るんだよ」。

時間 - ブタはひらひらと翼をばたつかせ、動物たちはギュスターヴの視野から姿を消した。
「でも、さっきのきみの質問に戻ろう。わしには魂のようなものがはたして存在するのか否か、見当がつかないんだ。死神はそんなことで空騒ぎしているが、本当は彼がお棺の中に何を納めているのか、誰にも分かりはしないんだ。魂なのかも知れんし、ひょっとして熱風だけなのかも知れん。太陽はいずれにせよ自前で燃えているのだし、この太陽系の中にいまだ生死が存在していなかったときにも、太陽はすでに燃えていたんだよ。わしが何を考えているか、分かるかい？」
「いや。」

夜間の爆走　139

すると時間 - ブタは立ち聞きされているのを恐れるかのように、こっそり見回した。それから、声を落として陰謀をたくらむように囁いた。「どうもすべてが大きなごまかしのように思っているんだ。死神はこんな大仰な宣伝をしでかして、自分のやっていることの無意味さから注意を逸らそうとしているように思われるのさ」。
　「つまり、魂なんかまったく存在しないんだ！」
　時間 - ブタは再び声を張り上げた。「そんなことを言っちゃいないぞ！さっきも言ったとおり、皆目分からんのだよ。わしは間抜けなブタなんだもの」。こう言って、翼をばたつかせるのを止めた。「分かったかい？」
　ギュスターヴは何も見えなかった。あたりはただ宇宙の闇のみで、星屑の煌めきが点在していた。
　「下を見ろ！」と時間 - ブタが言った、それでギュスターヴは下を眺められるように身をかがめた。彼は目眩がした。両名の下には100メートルはあろうかと思われる坑道が広がっていた。緑がかった光の無限に続いているらしいトンネルだった。
　「しっかりしがみつけよ！」と時間 - ブタが叫んだ。「これから宇宙の管理部に入るぞ！」
　時間 - ブタは翼を折り畳んで、急降下した。すると両名は井戸を落下する石みたいに、光の穴の中に突っ込んだ。ギュスターヴは今になって見分けがついた——この坑道は幾何学的構造をしており、水平・垂直線が書類整理キャビネットを想起させるパターンを生じさせていることに。
　彼は何やら箪笥のようなものも見分けたような気がした。しかも、どの箪笥にも A なる文字が記されていた。
　「ここはいろいろの可能性のある廊下だ」と時間 - ブタは急降下しながら叫んだ。「ここで宇宙の役人どもが宇宙のカオスを秩序づけようとしているんだ。でももちろん、彼らは実際生活におけるのと同様にしくじっている。彼らは物事をコントロールしたり分類したり、箪笥の中に仕まいこんだりしようとしている。宇宙のあらゆる可能性を集めたり、それらをアルファベット順に並べたりしようとしている。もちろん、ばかげたことさ、でも官僚と

はこんなものさ」。時間 - ブタは軽蔑のブーブー音を出した。「きみは宇宙がどれほど多くの可能性を提供しなくてはならないか、想像できるかい？　いや、きみにはできん。それだから、この坑道はこんなに深いんだ——考えられぬぐらいの深さなんだ。おれたちはもう数百万光年落下し続けることだってできようが、それでもまだ文字Ａに留まっているだろうよ。おっと！　ごらん、蜂の巣に着いたぞ！」

　トンネルからは水平な通路が青い光を発して分岐していた。時間 - ブタが今度は力いっぱい右翼をはばたくと、両名は青光りする通路の中をくねりながら進んでいった。

　ギュスターヴは左右の途方もない高い壁に蜂の巣みたいに、無数の層状になったり併置されたりしている巣穴を見かけた。あるものは三角形、外のものは四、五角形をしており、それぞれの巣穴には生き物がいた。男女がありとあらゆる形の衣服を着ていた——ズボン、ガウン、甲冑、その他ギュスターヴがかつて目にしたこともない奇妙な着物を。しかも、そこには鳥、熊、猫、犬、魚、虎、カモシカ、乳牛、カモ、ニワトリ、アルマジロ、ワニ、シマウマ、蛇、アザラシ、ネズミもおり、それぞれの巣穴には一つの生き物と決まっていた。多くの巣穴はすっかりもぬけの空だったが、よく吟味してみると、ギュスターヴには或る昆虫が落ち着きなく動き回ったり、イモリが壁にくっついていたりしているのが見て取れた。一つの巣穴では、仲間からはぐれた（三つの頭を持つ）アリが内部を這い回っていた。ギュスターヴは二、三、四、五ないしそれ以上の頭を持つ見馴れぬ生き物をもたくさん目にした。あるものは銀色の光を発しており、青い静脈が流れていた。ほかのものは何ダースもの触角と赤く燃えるような目をしていた。でも、これらははたして動物だったのか？　ギュスターヴはガスだけでできたチラチラ動く生き物や、水でできた鳥も見かけた。

　「そうさ、彼らは未来のありうべき蜂の巣なんだ」と時間 - ブタは言いながら、飛翔のスピードを落とした。

　「巣穴では宇宙のすべての存在物がきちんと整頓されて並べられているんだ。こういう生き物がすべて何かを共有している。きみももしかして気づい

夜間の爆走　141

たのでは？」と時間 - ブタが訊いた。
　ギュスターヴが見回してみた。彼がこの質問を考えている間に、両名は数百もの巣穴を滑り過ぎたのだった。
　「うーん。人間や或る種の動物に関しては、みんなずいぶん老いているのが目につくね。」
　「観察力の鋭い人だな！」と時間 - ブタが言った。「今こそよく注意しろよ！」
　両名が或る巣穴に飛来すると、そこには一人の老人が座っていた。時間 - ブタはその間近で静止した。
　「おい」とギュスターヴが訊いた、「よりにもよって、こんな身震いしている老人を見るためにどうして立ち止まらなくちゃならんのかい？　ぼくはむしろ地球外のいくつかの生活形態を観察したいんだが。彼らは地球外生物なんだろう？　ほかの遊星の生物なのでは？　後で彼らを科学者たちのために描写できたらなあ……」。
　「おい」と時間 - ブタが口をはさんだ。「きみの課題をもう忘れてしまったのかい？」
　「どういう意味？」
　「きみはきみ自身に出会うべきではないのかい？　それならいいか、あの老人はきみなのだぞ。」
　ギュスターヴはたちまちこの老人の姿に魅せられてしまった。彼はいつも描こうとするどの対象に対してもやってきたように、巣穴に精神集中し、その居住者のあらゆる委細を調べた。
　老人は高い背もたれのついた肘かけ椅子に座っていた。ギュスターヴは彼が何歳か——60歳か80歳か——を言えなかったが、きっと100歳だったかも知れない。貧弱な体つきをしていたにもかかわらず、たくましい目つきをしており、細長い剣を空中に振り回し、両足でしっかり踏み鳴らしながら、書物を大声で読んでいた。もっとも驚いたことに、老人が朗読していたもの——部屋中が冒険で満たされていた——をギュスターヴは見ることができたのだ。ギュスターヴはそうでなければ、書き留められなかっただろう。

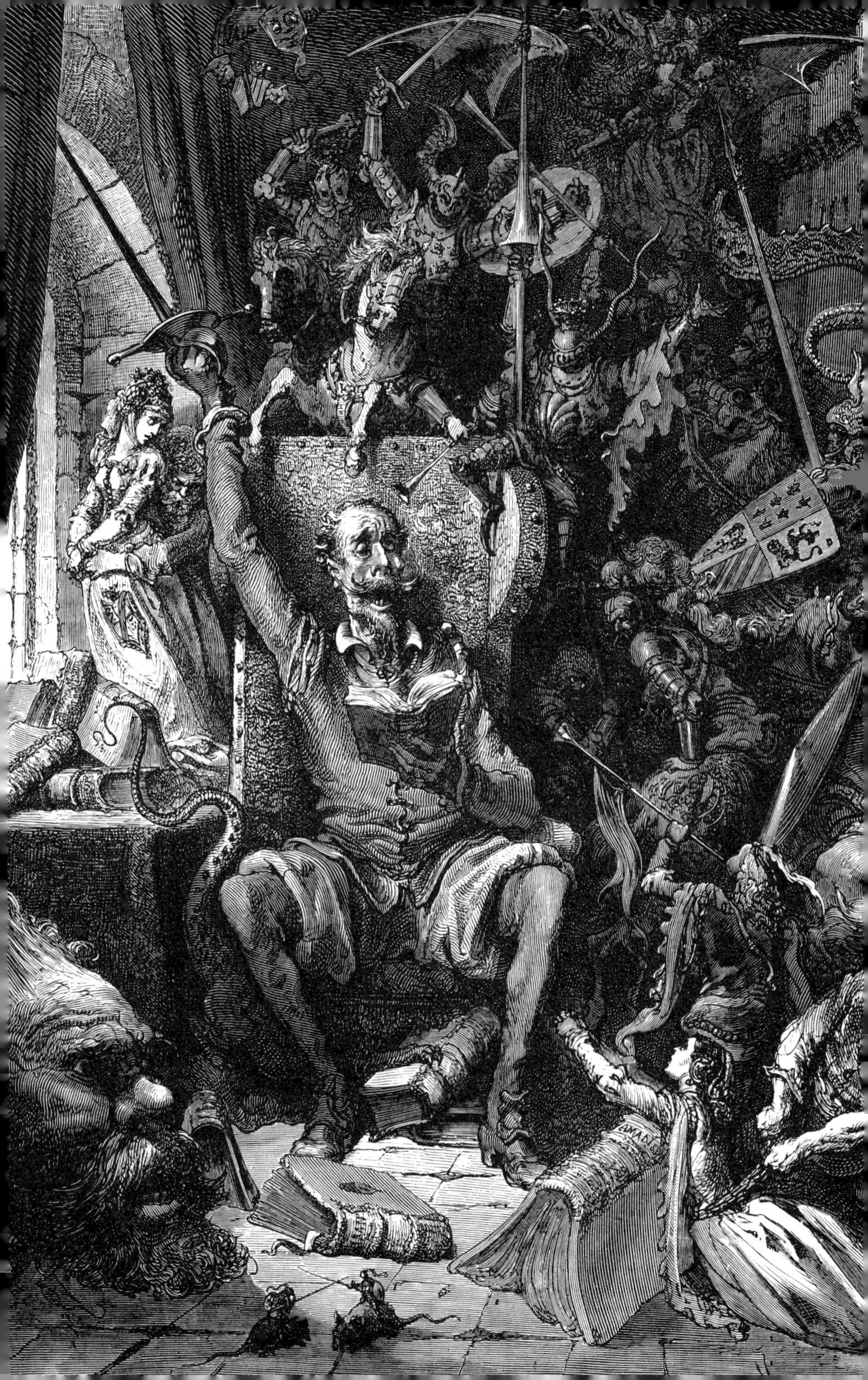

男の足許には一人のうら若い女性——衣服から判断するに、裕福な家系の出身と思われた——がひざまずいており、彼女を一人の残忍な男が歯の間にナイフをくわえたまま、鎖で縛りつけていた。この光景の特異な特徴は、人物たちの大きさの割合であって、老人に比べて少女と彼女を捕らえている男の大きさが半分以下だったことだ。

　その場をさらにほかの人物——ある者はごく小さかった——が満たしていた。床の上で槍の決闘を行っていた二人の騎士はあまりに小さくて、ネズミの上にも楽々と乗れるほどだった。飼い猫ほどの大きさの龍が肘かけ椅子の下にもぐり込み、鉤爪で厚い本をずたずたに引き裂いていた。

　部屋のどこでも、1ダースかそれ以上の騎士や軍人が馬と長槍を携えて、殺しあいの闘いに加わっていた。ギュスターヴは一人の少女を背に乗せたグリュプスが空中を飛んでいるのも見分けた。左の前景に転がっている巨人の頭は切り離されていて、髪の毛がきつく結われていた。その顔はかつてはテーマクティマとかマテマティークと呼ばれていたあの巨人に驚くほど酷似していた。

　老人は周囲に起きている、あらゆる騒動に無関心のようだった。絶えず大声で読み続けながら、その間も剣を振り回していた。

　「そうとも」と時間-ブタが言った、「あの老人はきみなのさ。厳密には、80年後のきみなのだ。あの老人は92歳さ。ほとんど信じられんだろうな？」

　「ぼくはそんなに長生きするんだろうか？」

　「そうとは限らない。きみが見ているのは、きみの時空的連続体のありうべき投影なのさ。きみの向かう目標なのだが、必ずしも結果というわけじゃない。すべては病気、戦争、事件、等々をどのようにきみがうまく切り抜けるかにかかっているんだ。言い換えれば、死に対してね。でも92歳とは……ありそうにないね、きみの野心から慮（おもんぱか）るとな。きみの場合だと、50歳代での心筋梗塞を予見したいところだ。とにかく良い死に方だ。ばたん休すで、彼の世行きさ。」

　「でも、ぼくがそれほど老いなかったとしたら、どうしてあそこに座っていられるの？」

夜間の爆走　145

「どの生物にも時空連続体へのありうべき投影があるのさ。何ていうか、統計上の理由とかそういったものでね。この投影はすべての宇宙の生物が最高齢に達したときの状態を示しているんだ。その組織がどう働くのかをわしに訊くことはしないでおくれ！　そんな下らぬことに頭を突っ込む必要はない。これは宇宙の官僚制、宇宙の会計業務なのさ。わしは幸いなことに、ほかの諸問題に没頭しなくちゃならんのだ」。時間 - ブタは安堵のため息をついてから、続けた。

「きみに分かってもらいたいのは次のことさ。きみはあの男が見えるね？あれはきみなのだ。または、彼がきみに成り得たことだろう。または、彼はたしかにかつてはきみだった。でも、きみがいつか彼に成るかはたしかじゃない。まあ……」。ブタは中断した。「わしは話の筋道を失ってしまったわい」。もう一度目を細めてから、巣穴を凝視した。それから言わんとしていたことがブタの脳裏に蘇った。「そうさ、あの老人が幸せなのか不幸なのか、わしらには皆目見当がつかないんだ。たぶん、彼の周囲にいる人物たちはみな、きみが芸術家としての生涯のうちに創り出すことになる形象なんだ。彼らはきみに同伴し続けて、老年の孤独を追い払ってくれるだろう。たぶん、これが例の投影のわしらに告げようとしていることなのさ」。ブタはちょっと咳をした。

「または、あまり魅力のない可能性としては、あの老人は頭がおかしくなったんだ。老人性痴呆症かも知れぬし、あるいは花の時代に花瓶が彼の頭に落っこちたせいか、あるいは……わしの知ったことじゃないが、今は精神病院に入っていて、彼のお化けに取り囲まれているのかも。ひょっとして、それらお化けは脳内出血より生じた幻覚なのかも知れん！　またはアルコールの過剰摂取による結果なのかも！　ひょっとして、人生の各瞬間をエンジョイし過ぎたのかも！　カレンダーに印刷された格言をあまりに真剣に受け取りすぎると、そういうことになるんだ！　そのときには、50歳での心筋梗塞がたぶん望ましかろう。わしの言わんとしていることが分かるかい？」

「いや」とギュスターヴが答えた。

時間 - ブタは疲れ切って、ブーブー鳴いた。

「どう説明してよいものやら？　わしは人生が無意味だなんて言うつもりはない……ただ、うん、ただ……あるからというか……ないからというか……」。ブタは言葉を見つけるのに苦労していた。
　「最終的な詰めがないのかい？」とギュスターヴが示唆した。
　時間 - ブタはあっけにとられた。「そのとおり！　きみの年齢にしては物知りだなあ」。
　「それにしても、ぼくらが巣穴で見ているほどに、みんな老いられないのはどうしてなの？」とギュスターヴが尋ねた。
　すると時間 - ブタは背中の上のギュスターヴの重さに気づき出したかのように、またもうめき声を出した。「そんなことはわしに訊くな。全怪物中二番目に恐ろしい怪物に訊くべきだよ」。
　「心配と呼ばれている怪物のこと？」
　「いや、心配は全怪物中三番目に恐ろしい怪物だ。全怪物中二番目に恐ろしい怪物は運命さ。」
　ギュスターヴはこのことをしっかり記憶しておくことにした。
　「ところで」と時間 - ブタが叫んだ、「わしらが話し合っている間に、青血の湖のあの騎士喰い大ワニが水しぶきをあげているぞ。あれはもっとも恐ろしい怪物の世界ランキングの中でやっと175番目に位置するだけなんだ」。
　時間 - ブタがまたしてもやや不快げにため息をついたので、ギュスターヴは続きの言葉にはやや苛だったニュアンスが感知できるものと思った。
　「若いの、人生とは楽しい冒険の旅だけとは限らんのだ。生きることは死神の活動を観察することをも意味するのさ。しかも、これはもっとも辛い眺めなんだ！　きみはそれに耐えることができなくちゃならんのだ。その覚悟はあるかい？」
　「そう思うよ。」
　「ほかの答は期待していなかったよ。当初はみんながそう言うのさ」。時間 - ブタは突然真剣に、ほとんど厳粛になった。「よろしい……それじゃ、きみは人生に取り組む覚悟なのだな……そのあらゆる驚異もろとも？」
　「うん」とギュスターヴは答えたのだが、ブタが何を仕掛けたがっている

のかは分からなかった。

「よろしい」と時間 - ブタは締めくくって、翼を広げた。「それじゃ、すぐ今きみに取っておきのびっくり仰天を用意してあるんだ」。

ブタが革の翼をはばたくと、両名はまたもトンネル伝いに、老いた存在物の投影でいっぱいの無数の巣穴の傍らを通過した。ギュスターヴは地球外の1、2匹のタコみたいな生き物を間近に見たかったことだろうが、トンネルはますます高くかつ広く延びていき、とうとうギュスターヴと時間 - ブタはまたも自由空間に抜け出していた。周囲では遠くで何千もの太陽がパチパチ音を立てていた。

時間 - ブタは停止した。真下にはワインの樽ほどの大きさの、石鹸の泡みたいな気球が揺らいでいた。ブタがギュスターヴにその気球に乗るように指し図したため、彼は反対しないで従い、宇宙学のさらなるレッスンを受けることにした。

「きみに固有の太陽系をお贈りしよう！」と時間 - ブタは鷹揚に言った。「有効に使いたまえ。このガスの泡は必要なすべての化学成分を含んでいるんだ。うまくすると、それはすべての遊星と、あらゆる残り物を備えた本物の太陽に発達することだろう。少し辛抱するだけでよい。せいぜい20億年ぐらいだ」。

ギュスターヴは仰天して訊いた。「ここにぼくを放置しておくつもりかい？ちょっと待った！ ぼくを月へ運ぶことはできないの？ ぼくはまだ最後の課題を一つやり遂げなくちゃならんのだぞ！」

「今さら生意気になりなさんな！」と時間 - ブタが咎めた。「ここから月までは —— よいかね —— 7,679,781,887,964,997,865,457パーセクかかるんだ。この距離を飛行するには、わしが翼の全速力を出しても、8000億年を要するだろう。これじゃあまりに長すぎる。わしはきみのために、大勢のマイクロ秒をすでに犠牲にしてきたんだぞ」。

「でも、銀河溝はどうなっているの？ あの近道はたどれないの？」

「銀河排水溝は片道だけしか利かないんだ。そのことは言っておかなかったかい？」

ギュスターヴが腹立たしげに片足を踏み鳴らしたため、ガスの泡が振動し

た。「いや、聞いてないよ！」
　「ああ、それじゃ失念してしまったんだ」。時間－ブタは弁解がてらに両肩をすくめた。「どうしようもないわ」。
　「でも、ぼくはここで餓死することになるよ」とギュスターヴが抗議した。「あんたがここでぼくを見捨てるなら、餓死することになるよ！」
　「うん、でもそれはなんでもないよ」と時間－ブタが鉤爪のある足を上げながら言い放った。「きみの成分は分解してガスになり、新生の源を形作るだろうよ。因みに、きみ固有の太陽系もこうして出来上がるんだ。そのときにも、アンドロメダ星座に含まれる一つの遊星からやって来た一人の小さな少年に蜂の巣穴を示しておいたし、人生と宇宙についての講義もしてやったし、それから彼をガス泡の上に降ろしてやった。その泡が地球になり、人間や動物全体になったんだ。きみ本人も含めてだ！　生命のサイクルってわけさ！　人の住みついた太陽系はこうして誕生するんだ。つまり、幼い少年たちをガスの泡の上に放置することによってね。宇宙で最大の奇蹟さ！　原因は小さいが、結果は大なんだ！」
　時間－ブタは翼をハチドリみたいにブーンとうならせながら、ゆっくりと上昇した。「それじゃ、わしは本当におさらばしなくちゃならん！」とギュスターヴに向かって呼んだ。「わしが一箇所にあまりに長居すると、宇宙は凍えてしまうんだ。きみもきっと、そんな責任を取りたくはないだろうね？」ブタは翼をばたつかせ、高く飛び上がって、煌めく太陽の海原を横断して行った。ブタに酷似した輪郭の星座に到着する少し前に、時間－ブタは左に回転して、漆黒の宇宙の中へと姿をかき消してしまった。

とうとうギュスターヴがやがて自分の太陽系になるであろう真珠色のガス泡の上にうまく収まり、宇宙の中で割り当てられた新しい場所で周囲を見渡したとき、長らく味わったことのなかった状態にいることに気づいた。安心感だ。

彼はいつからか……そう、いつからか、絶えず移動し、絶えざる冒険に曝されてきたのだ。正確には、アヴァンチュール号とともに航海に出たときからだった。そのときからもう止まって考える時間はなかったのだ。シャム双生児の大竜巻、ダンテおよび他の船員たちの恐ろしい終末、死神とその狂った妹、自分の霊魂をめぐる賭け、グリュプスにまたがっての空中飛行、龍の汁工場、ヌードのアマゾンたち、龍との決闘、最後のクラゲ、美しい少女（心臓に刺さった冷たい痛み）、騎士のいない空の武具、パンチョとの出会い、謎の夢みる王女、悪霊の森でのパンチョの狂った埋葬式。その後は旅行好きのワインを味わってから、すべてのリズムがひどく加速していったのだった。

怪物たちの谷、心配との会話、すすり泣く峡谷を駆け抜ける騎行、恐ろしい巨人たちとの討論と格闘、青血の湖、騎士を喰らう巨大ワニ、そして最後に、全怪物中もっとも恐ろしい怪物との遭遇。

ギュスターヴは月の彼方で時間・空間を通過して銀河溝を通過し、死神の仕事ぶりを目撃し、シャム双生児大竜巻を逃れてから、最後の動物たちと馬の頭をした霧を見物することを許されたのだった。そして、宇宙の管理部や、時空連続体の投影が可能な未来偶発性の蜜蜂の巣をも視察した。最後に大事なことを一つ忘れたが、彼は自分自身に出会い、しかも彼固有の太陽系を遺贈されていたのだ。一夜だけの旅にしては決して悪くはなかった！

ギュスターヴは自らの心眼でこうした出来事をすべて再考してから、うしろにそり返り、周囲の限りない宇宙をよく観察してみた。するとそのとき、またも心臓が突き刺されるのを感じた。びっくりして片手を胸に当てたのだが、それは不快な冷たい針の痛みというよりも、温かい治療の感覚だった。しかも、それは繰り返し現われた。またしても、彼の壊れた心臓は再び縫合されたのだ！

「壊れた心臓が四針で縫合されて」とギュスターヴは独り言をいった。「そ

れらの針の傷跡が残っている。でも当面の問題の大きさを考えてみると、私は過去のことを忘れたほうがましなのだ。それに未来のこともだ！　ヌードの少女たちのことも問題にはならぬ！　きっと自分にとって最善の策はただちにここで死ぬことなのだ。少なくとも私は死神からはるかに遠ざかっている以上、死神が私の魂を手に入れることはなかろう。そもそも一つの魂が私にはあるのだし」。

　ギュスターヴはため息をつき、仰向けになって星々を眺めた。ガス泡の上に横たわっているのは至極快適だった。生ぬるいお湯が詰まった袋の上にいるような感じだったのだ。頭上では何百万もの太陽が煌めいていたのだが、この光景にギュスターヴはもう飽き始めていた。

　「時空連続体へのありうべき投影はしくじりをしでかしたんだ」と、彼は宇宙に向かって言葉を投げかけた。「目下の状況からして、92歳までは生きられそうだから、ここの外にいる若干の旧友たちとも会えるわい。さもなくば彗星(すいせい)に撃たれるかも」。ギュスターヴはまたもため息をつき、暇つぶしに星の数をかぞえ出した。

　星の一つはほかの星とは違って見えた。ほかの太陽の輝きよりもくすんでおり、動いていた。いや、それは輝いてはいなくて、だんだん大きくなっていくように見えた。あるいは、それは速度を速めて接近しつつあった。ギュスターヴに聞こえた物音はだんだんと大きくなってきたようだった。耳をそば立ててみると、蹄の踏む音みたいだったが、どうやら彗星の尾の中のガス泡が出すパチパチ音らしかった。

　「あれは彗星だ！」とギュスターヴは囁いた。「もちろんだとも！　しかも、私をめがけて落っこちてくるぞ！　好都合だわい！　自分自身の太陽系が手に入るんだ。こんなことは初めてだわい。宇宙氷山によりこっぱみじんに打ち砕かれるとはな！」

　だがその出現が接近するにつれて、ギュスターヴにはそれが彗星ではないとの確信がますます強まっていった。当初に考えたのは、それが死神とその野蛮な群れかもしれないということだった。なにしろいななきのようなものが聞こえたし、蹄の足音がだんだん強まったからだ。とうとう一頭の馬を見

夜間の爆走　151

分けた。だがそれから目にしたのは、数頭の馬に引かれた馬車だった。正確には、四頭の馬に引かれた古い戦車であって、濃い煙に包まれた燃えるたなびきを空中に描いていた。馬たちは炎の上を疾走しながら、しかも翼をはためかせていた。なにしろ、それらの馬にはみな天使のような羽根が生えていたからだ。

「何だこれは！」とギュスターヴは独り言をいった。宇宙で餓死する前にみかける最後の馬に違いないぞ。欠けているのは、バックグラウンド・ミュージックみたいなものだけだ！」

それから突然ギュスターヴは馬たちの間にパンチョ・サンサを見分けた。でも、パンチョだけがこの異常な馬車で馴染みのものというわけではなかった。なにしろこの宇宙戦車の御者はアヴァンチュール号の水夫長、忠実な部下の老ダンテにほかならなかったからだ。

チームの一団はいななったり、鼻を鳴らしたり、火花を散らしたりして近づいてきてから、ギュスターヴとそのガス泡の前で停止した。彼は薄いガス袋の上に危うくバランスを保ちながら、立ち上がった。

当初は三人ともあまりに仰天してしまって、会話の口火をきれなかった。頭を引っ掻いたり、口を開けたり閉じたりした。それから、パンチョが言葉にならない鼻息を荒くした。やっとダンテが沈黙を破った。

「船長、こんな宇宙の中でいったい何をしているのです？　わしはあなたがてっきり、シャム双生児の大竜巻に引き裂かれてしまったものと思っていましたよ。」

「わしはあんたが青血の湖に飛び込み、全怪物中もっとも恐ろしい奴に喰われてしまったと思っていたんです」と、いささか非難の調子を声に含めて付言した。

「同じ質問をきみら両名に向けたいよ」とギュスターヴが言い返した。「わたしの場合には答は二つの長い話になるだろう。だから、あんたたちがどうやってここにたどり着いたのかを先に話してくれないか。あんたたちの話のほうがおそらく短いだろうからな」。

「かしこまりました、船長！」とダンテが敬礼した。「わしが口火を？」

パンチョとギュスターヴがうなずいた。
　「それじゃ」とダンテが口火を切った、「わしは残りの船員たちとともに宇宙の中に吸い込まれちまったんでさ。恥ずかしながら、あの勇敢な船員たちはみな宇宙の中に四散させられちまったんだ……見習い水夫を除いてね。こいつは怠け新参者で、ほかに何の取り柄もなかったんだが」。ダンテは宇宙に唾を吐いた。
　「だからわしはこの宇宙の中で自由で漂っているのさ。青い大地や海を下に、星屑を上にしてね。それで思ったのさ、おい、こういう死に方もまんざらじゃないぞ、ってね。とどのつまり、わしの人生の大半はこんなふうに過ごしてきたんだ……ただし、もっと水との接触が密だったけど。それだけさ。だから、わしはあたりを漂流して死を待っていたのさ。そのとき、突然どよめきを聞くことになる……ところで、驚いたことに、宇宙の中ではいかに良く聞こえることか？……それに誰がわしに向かって飛んでくるのだろう？死神、あの愚か者に決まっている。奴は滑稽千番な老婆——後で妹と判明するのだが——を同伴していたんだ。彼女の目つきは陰険そのものだった。死神はわしにお前は誰かと訊いた。でも、そう尋ねられるだろうことは分かっていたんだ。死神が一番目にする質問はいつもこうと決まっちゃいないかね？　わしは偽名——たとえば、キャビンボーイ——を名のって奴をばかにしてやろうかとも考えたが、それから思いなおしたのさ。こんなところを永久に漂流するよりも、奴にわしを船鬼の許へ連れて行かせるほうがましだ、と。それに奴は遅かれ早かれ、わしを逮捕するだろうし。だからわしは言ったのさ、『ダンテだ』と。
　すると死神は訊いた、『あの有名な詩人、ダンテかい？』
　それでわしが答えた。『いや、有名な船乗りのダンテだ』と。
　彼はなおも訊いた、『こんな宇宙で船乗りが何をしとるのかい？』そこで、わしはアヴァンチュール号とシャム双生児の大竜巻の話を奴に告げた。そして、あんたの名に触れると、奴は笑いだしたんだ。『お前は幸せ者よの、船乗りのダンテよ』と言ってから続けよったんだ、『今こそ一石二鳥で殺すチャンスが見えるからだ。お前は魂の棺桶運搬人になりたくはないかい？』と。

夜間の爆走　　153

ギュスターヴは息が詰まりそうになった。
「それで、もちろんわしは承諾した。どんな仕事にせよ、死ぬよりはましだろうからな。だから、今こんなことをしているのさ。わしは魂のお棺を月から太陽へと運搬し、それを火の中に投げ込むんだ。死神は混雑が増すのを見て、そんな仕事にうんざりしていたからなのさ。わしは自分だけの荷車を所有しておる。しかも１万年の試験期間をやり抜けば、不死の見込みも得られるんだ。これがわしの話さ、船長。わしは死神の召使いになったのさ」。ダンテはまたしても敬礼した。
　ギュスターヴは深呼吸して言った。「よし、今度はパンチョ、きみの話をしてくれないかい？」
　馬は咳(せき)払いした。
「承知した。わしはワニの大きな口の中に滑り込んだ。するとこの怪物はわしを丸呑みした。ここまではあんたも見てのとおりさ。それから、この間抜け爬虫類はどうしたか？　水中に跳び込み、水が奴の口の中に入り、そのためわしは呑み込まれたばかりか、溺れてしまったんだ。それからわしは御陀仏(おだぶつ)した。これで一巻の終わりさ」。パンチョはにやりとした。
「頼むから、そんなにじらさないでくれよ。」
「分かった」とパンチョが続けた。「今も話したとおり、わしは死んだんだ。でもいいかい、わしはまだ死ぬ覚悟をしていなかったし、いくつか計画を立てていたんだ。でも事態が異なればいたし方ない、成り行きに任せなくちゃならん。もちろん、何が起きるか知りたくて、わしはそのときひどく張りつめていた。馬の天国があるのだろうか？　それともわしは馬の地獄行きになってしまうのか？　白光の中に踏みだすのか、それとも何かほかに？」
「要点を話してくれよ、パンチョ！」
「うん、白光は実際に射し込んでいたんだ。それでその中に入り込むというか、むしろ速歩(はやあし)で行ったのさ。すると突然、素敵なクラゲが見え、そしてやはり素敵な音楽が聞こえ、わしはもう狂ってしまったと思ったのさ。すると、そのクラゲが語り始めたんだ……。」
「クラゲなら知ってるよ、そんな話は切り詰められるだろうが。」

「クラゲを知っているって？　それじゃ、あんたも溺れたのかい？」

「そんなことはないさ。まあ、続けなさい！」

「よろしい。それでわしは天国へ昇った、だってこれがわしの言わんとしていたことだからな。本当に馬の天国が存在しているんだ！　わしには翼が生えたし、言わば馬の天使になったのさ。すごいことじゃないか？　わしは馬がこの天国ではひどく尊敬されているとは思ってもいなかったんだが、馬にちなんだ星座がいっぱいあるんだからなあ！　馬の頭のような形をした大星雲さえ存在するのを知ってるかい？」

「うん、知っている」とギュスターヴ。

「あんたは大変な物知りだな！」とパンチョは驚いて見せた。

「ぼくは最近かなり経巡(へめぐ)ったのさ」とギュスターヴが説明した。「でもきみはどこでダンテを識ったんだい？」

「まあ、たまたまさ。彼の馬車に空席ができたのさ。わしは広告を黒板で読んだんだ。そこで……。」

「どんな黒板？」

「まあ、宇宙の黒板さ、もちろん。いいかい、宇宙じゃ何でも揃っているんだ。黒い穴、黒板、銀河下水溝……。」

「いいよ、分かったよ」とギュスターヴが遮った。「それできみは死神の召使いにもなったんだね」。

「全部が全部というわけじゃない」とパンチョが反論した。「わしらは取り引きしたのさ。お互いに100万年で雇傭契約を終わらせられるんだ」。こう言って笑いながら、馬の歯を見せた。「でも、どうやって宇宙のこんな辺鄙(へんぴ)なところにやって来たんだい？」

「まあ、わしは馬たちを少しばかり訓練してきたのさ、船長」とダンテが答えた。「普通わしらがやっているのは、太陽-月間の短距離飛行なのだが、これはしばらくすると飽きてくる。昼休みの間にほかの銀河を見たくなるんだ」。

　小型彗星がみんなの頭上を花火みたいにシューとパチパチ音を立てながら、さっと通り過ぎた。ギュスターヴはもう一呼吸を深くしてから、最後の質問

夜間の爆走　155

をした。「ひょっとして、きみはもういくつか魂のお棺を回収しに月へ向かう道中じゃなかったのかい？」

「そのとおりさ！」とパンチョが叫んだ。「どうして分かったのかい？」

「おれは名前を推測するのに長(た)けているんだ……きみは巨人たちのことを憶えているかい？」とギュスターヴが訊いた。

「巨人たちとの仕事は最高だったな！」とパンチョは回想しながら言った。「わしの趣味には少々出血気味だが、でも彼らがおっ始めたんだ！」

「ぼくがきみと一緒にいたとしたら、何か不都合でもあっただろうかな？ぼくは死神と一つ約束してあるんだが。」

「もちろんだとも、船長」とダンテが叫んだ。「乗車してくだされば、あなたを月までお連れしますよ。ぜんぜん問題ではありませんよ」。

そこでギュスターヴは乗り物に上がり、ダンテの傍らの席を占めた。旧来の習慣に従ってスタートの命令を発しようとしたとき、ふと或ることが思い浮かんだ。「でも夜明け前に月にまでどうやってたどり着けるのかい？ 時間‐ブタの計算では20億年かかることになるらしいのに」。

「まあ、あの時間‐ブタめが」とパンチョは嘲けって言うのだった。「ネズミの翼をした肥っちょのブタめ！ でもここじゃ、わしらはペガサス級の翼を持っているのですぞ、あなた！ しかも馬車の車輪は圧縮した彗星のちりで出来上がっているんですぜ！ 車輪の心棒ときたら……」。

「もういい、パンチョ！」とダンテが叫んだ。彼が手綱を固く張ったので、パンチョは黙った。

「よければ、飛行中にぼくの話を語ってもいいよ」とギュスターヴが提案した。「暇つぶしにはなるだろうよ」。

「その必要はないですよ、船長。この装置は帆船とはわけが違うのです。しっかり摑まっていてくださいな。」

ギュスターヴは座席のクッションを固く握った。

「イッヒー！」とダンテが叫びながら、手綱をパチッと鳴らした。馬は音を立てて飛び上がった。あまりにどよめいたため馬車は前へつんのめり、ギュスターヴは仰向けに座席に投げだされた。

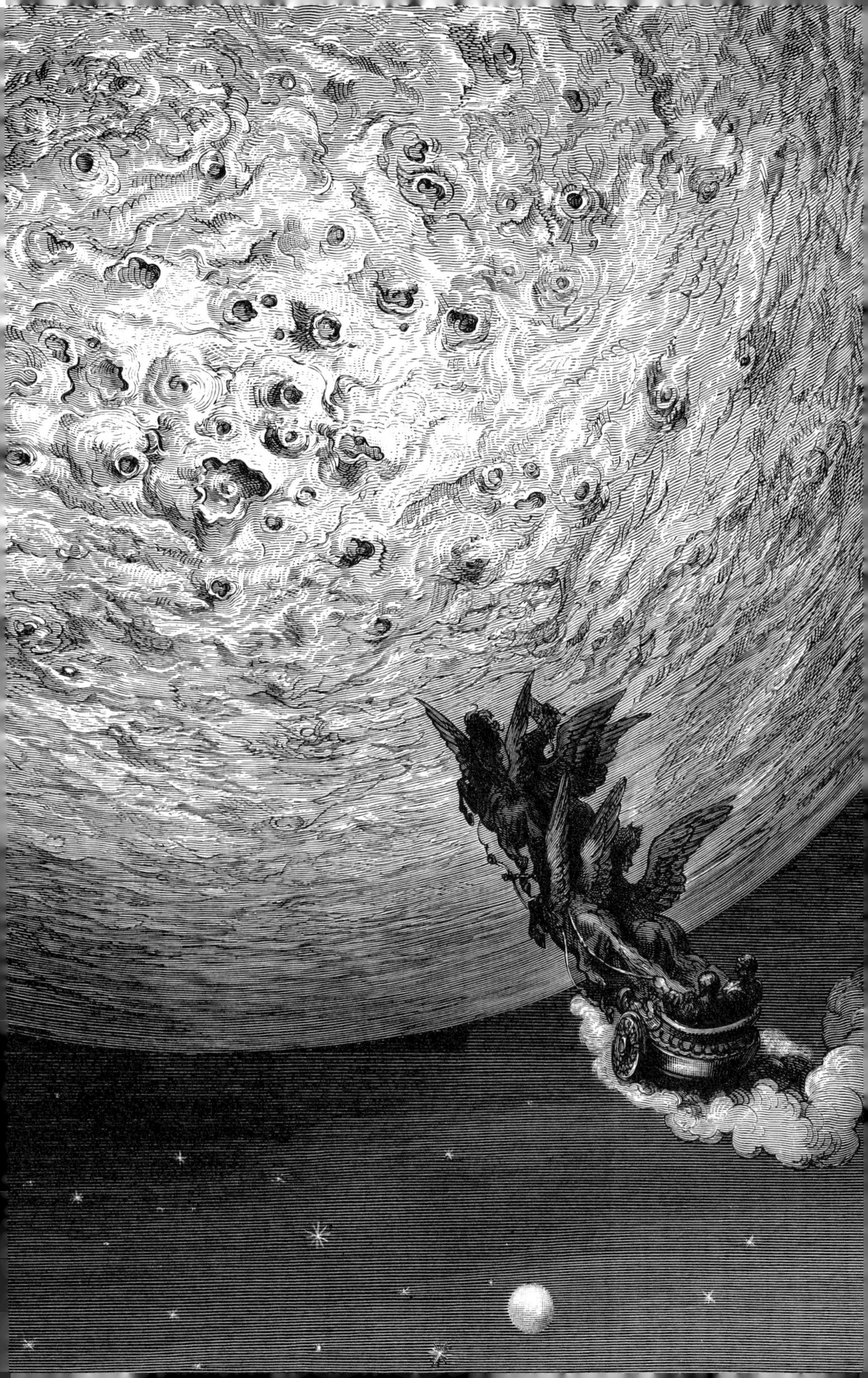

「ウアーッ！」とダンテが叫んだ。「着いたぞ」。

ギュスターヴはどうにかまばたきする間があっただけだった。馬車の寄りかかりの上にもたれて、あたりを眺めたのだが、ほとんど目を信じることができなかった。乗り物の下にはクレーターを鏤めた、大きくて白い月の球が漂っていた。はるか彼方には青い海を湛えた地球が、もっとその先にはまぶしく光る太陽が見えた。一行は元の太陽系に戻っていたのだった。

「ずいぶん速かったな」とギュスターヴは仰天しながら言った。

「そうさ、ここじゃ最新式の工学設備が整っているのさ」とダンテが言った。「需要が高まり続けているので、それは欠かせないんだ」。

一行は着陸侵入の体勢をとり、馬車は一つのクレーターにそっと停止した。

「船長、静寂の海、終点です。この先にあるのが死神の家でさ」とダンテは言いながら、クレーターの端に立つ薄暗い建物を頭で示した。二階建てになっており、上階には灯りがついていた。高い入口のドアは閉じており、二重になっていて、上枠の上に胸像が載っていた。「妙だなあ、このドアは見覚えがあるぞ」とギュスターヴは思った。

大ガラスが左の建物の上を旋回しており、そのしゃがれ声がクレーターの壁の周りに反響していた。

「灯りがついているから、家族が在宅しているに違いない」とダンテが注意を促した。「でも、どこかを動き回っているかも知れない —— 毎晩そうしているから？　いずれにせよ、きっと近くにいるのじゃないかな」。

ギュスターヴはカラスを見て驚いて訊いた。「月に鳥はいるのかい？」

「死神がここの場所を居心地のよいものにするために、地球の生き物を少し連れてきたのです。カラス、フクロウ、ネズミ、コウモリ、クモがいます。それに虫。たくさんの虫も。アリはもちろんいるけど、前からすでにいましたね。」

「死神は雇い主としてはどうなんだい？」とギュスターヴが馬車を降りながら尋ねた。地面はゴムみたいに柔らかくたわみやすかった。

「率直に言って、文句のつけようがありません。まあ、ヴァカンスに一緒について行きたいと思うような人ではないけど、とにかくお互いにあまり接

夜間の爆走　159

触はしていないんです。どうやら妹が家の中で、お棺を新しい魂で満たしているらしい。死神がお棺を裏手に積み上げると、わしが集めに行く……これでお終い。ときには死神と狂った妹が喧嘩しているのが聞こえることもあるのです。」

黒い鳥たちの羽音にしてはあまりに強すぎたため、ダンテが視線を上に向けた。

「あれ、お出ましだ！」とダンテが低い声で言った。「約束どおりだ。わしらはすぐ仕事をまた続けるほうがましだ。ボスは従業員がぐずぐずしているのを見たくはないんです」。

ギュスターヴも上のほうを眺めた。死神も妹も、ひらひら揺れる服をまとって、月面を滑走しつつあった。死神はデメンティアを両腕でしっかりと摑みながら、またしても、ギュスターヴが最初の出会いから記憶していた例の骸骨の姿をしていた。

「相棒よ、さらばじゃ」とパンチョが急に叫んだ。「あんたを一緒に乗せて光栄だったよ」。そして、ギュスターヴに右の前脚の蹄を向けた。

「きみのひどい馬車の動きには注意したまえ！」とギュスターヴが言った。

「心配ないよ！」とパンチョが応えた。「わしの言ったことを思い出しな。《死神があんたに何かをくれるときは、彼が自分でそれをうまくコントロールする》ことをね」。

ダンテがパチッと鞭を鳴らすと、馬は翼を羽ばたき、馬車は月面から飛び立った。

「もう一つある」とパンチョは上空から叫んだ。

ギュスターヴが見上げた。

「間抜けなワニとの仕事が……わしら両名の間に残っているぞ。いいかい？」

「分かっている！」とギュスターヴは応じながら、別れの合図をした。

馬車はすばやく上昇し、ギュスターヴがなおも彼方からごくわずかに聞き取れたのは、「どのワニのことだい？」という質問だった。それから、煌めく星屑の中に姿を消してしまった。

ちょうどそのとき、奇妙な兄妹のカップルが月面に音もなく着地した。兄

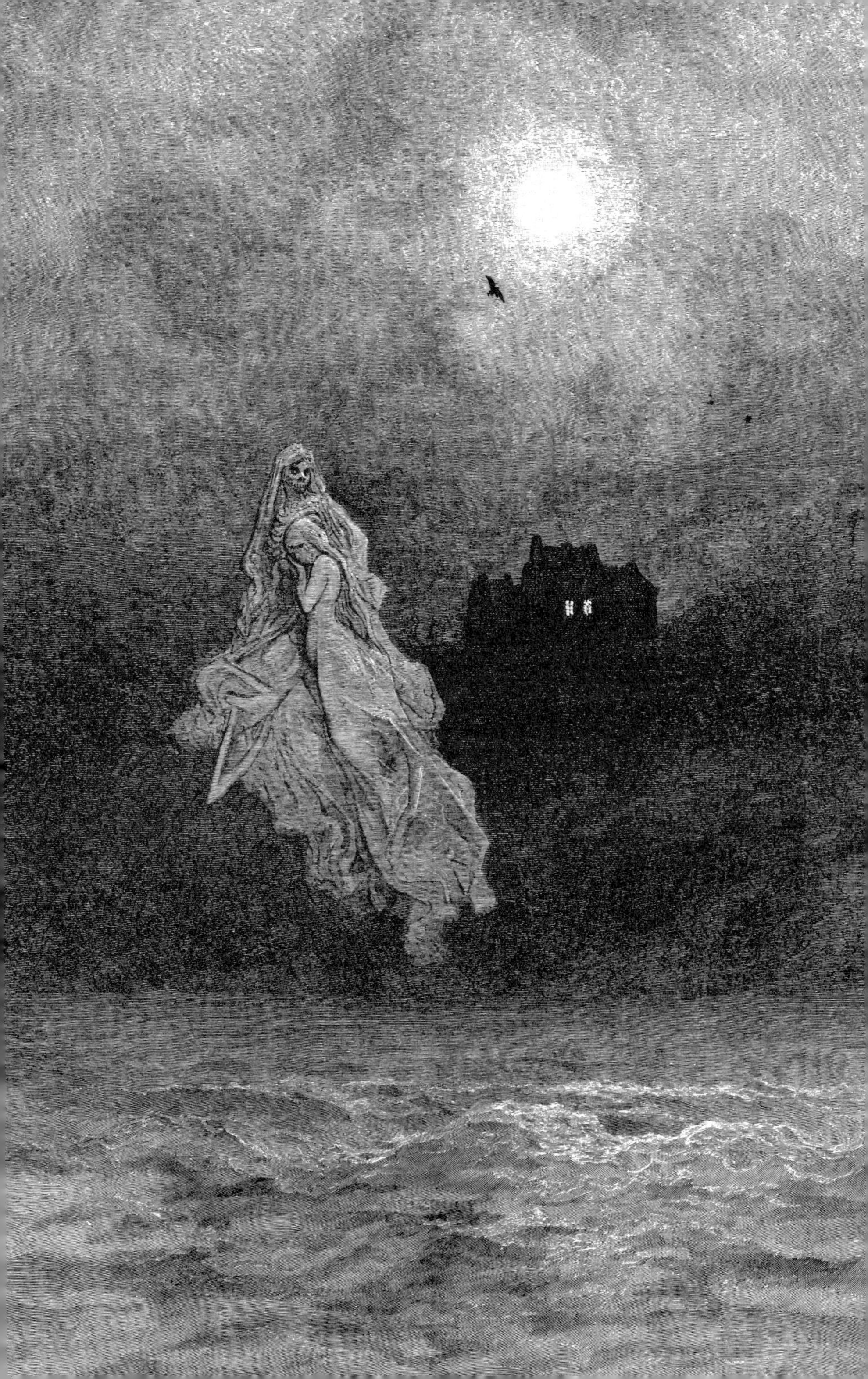

が解放するや否や、デメンティアはすぐ跳びのき、柔らかい地面の上に座りながら、月の小石を弄びつつ歌いだした。
　死神はというと、蒼白い顔をギュスターヴのほうに向けた。この上では宇宙の冷たい光を浴びて、死神は地球上よりもさらに非現実的に見えた。その声は冷たくて事務的だった。
　「聞いたところでは、おまえはこれまでに課題を全部やり終えたらしいな。例の歯も入手したのかい？」
　「もちろんです」とギュスターヴは外向的に答えたが、用心して戦利品をすぐ取り出しはしなかった。
　「じゃ、すぐ寄こせ！」この骸骨の声にはじれったさと貪欲が入り混じっていた。
　「そんなにせかさないで！」とギュスターヴが応じて言った。「いったい、それをどうなさるつもりで？」
　「お前の知ったことか！」
　するとデメンティアがクスクス笑いながら、「それを使って自殺したいんだよ！」と口をはさんだ。
　「デ̇メ̇ン̇テ̇ィ̇ア̇！」と死神がどなりつけた。
　「時間－ブタの歯は……死神が自殺に用いられる唯一の武器なのよ」とデメンティアが執念深く続けた。「兄が喉から手が出るほどそれを欲しているのを、あんたには想像もつくまいよ」。
　「ちょっと待って！」ギュスターヴが叫んだ。「死神は死にたがっているの？時̇間̇－ブタの歯で自殺するつもりでいるのだ、っていう意味なの？　そうしたら、もう誰も死なずにすむようになるの？」
　「そのとおりよ」とデメンティアが忍び笑いした。「そのうちに、あんたのおかげでもう葬式はなくなるでしょうよ。若いの、あんたは真のヒーローになるわ」。
　ギュスターヴが胸甲から例の歯を取り出して、死神に手渡すと、死神は待ち切れぬとばかりに引ったくり、上に掲げて月光でじっくりと吟味した。
　「さあ、急いで！」デメンティアが叫んだ。「自殺しなさいよ！」

夜間の爆走　163

すると死神は歯を降ろした。
「これは本物じゃない」とため息をついた。「わしは門歯が必要なんだ。これは大臼歯だ」。
するとデメンティアがギュスターヴをからかった。「歯の間違いだ！　あんたは間違った歯を手に入れたのさ！」そういいながら、月面の小石を彼に投げつけた。
「さてはお前は課題をやり遂げちゃいないってことだ」と骸骨はそっけなく言い渡した。
「そんなこと、分かるわけがないでしょう？」とギュスターヴはかっとなって抗議した。「ぼくは全怪物中もっとも恐ろしい怪物からあんたのために歯を１本抜いて持ってきた。これがあんたのぼくへの課題だった、あんたは門歯のことは何も言わなかった」。
「兄さん、残念ながらそのとおりよ」とデメンティアがギュスターヴの肩を持った。「はっきりと課題を述べなかったのはあんたのせいよ」。
「まあ、いいや」と死神はぶつぶつ言った。「でも奴は課題を全部やり遂げちゃいない。もう一つやり遂げる必要があるんだ」。
「分かっていますよ。だからここに来たのです。待っているんですよ。」
「よし」と死神がつぶやいた。「お前の最後の課題は……、うん、最後の課題はじゃな……」。
「それで？」とデメンティアが割り込んだ。
「うん……最後の課題はだな……うんまあ、若いの、おまえは成長したら何をやりたいんだい？　ひょっとして生き延びた場合だね。」
「芸術家になりたいんです」とギュスターヴはしっかり答えた。「挿絵家とか画家とかに」。
「そうだな」と死神が言った。「おまえは芸術家になりたがっているんだな。よろしい、それじゃおまえの最終課題はこうしよう。わしの肖像画を描くことだ！　その出来具合で、おまえが仕事を満足にやり遂げたか否かを判断してやろう」。
死神が指をパチッと鳴らすと、ギュスターヴは突如一枚の紙と鉛筆を手に

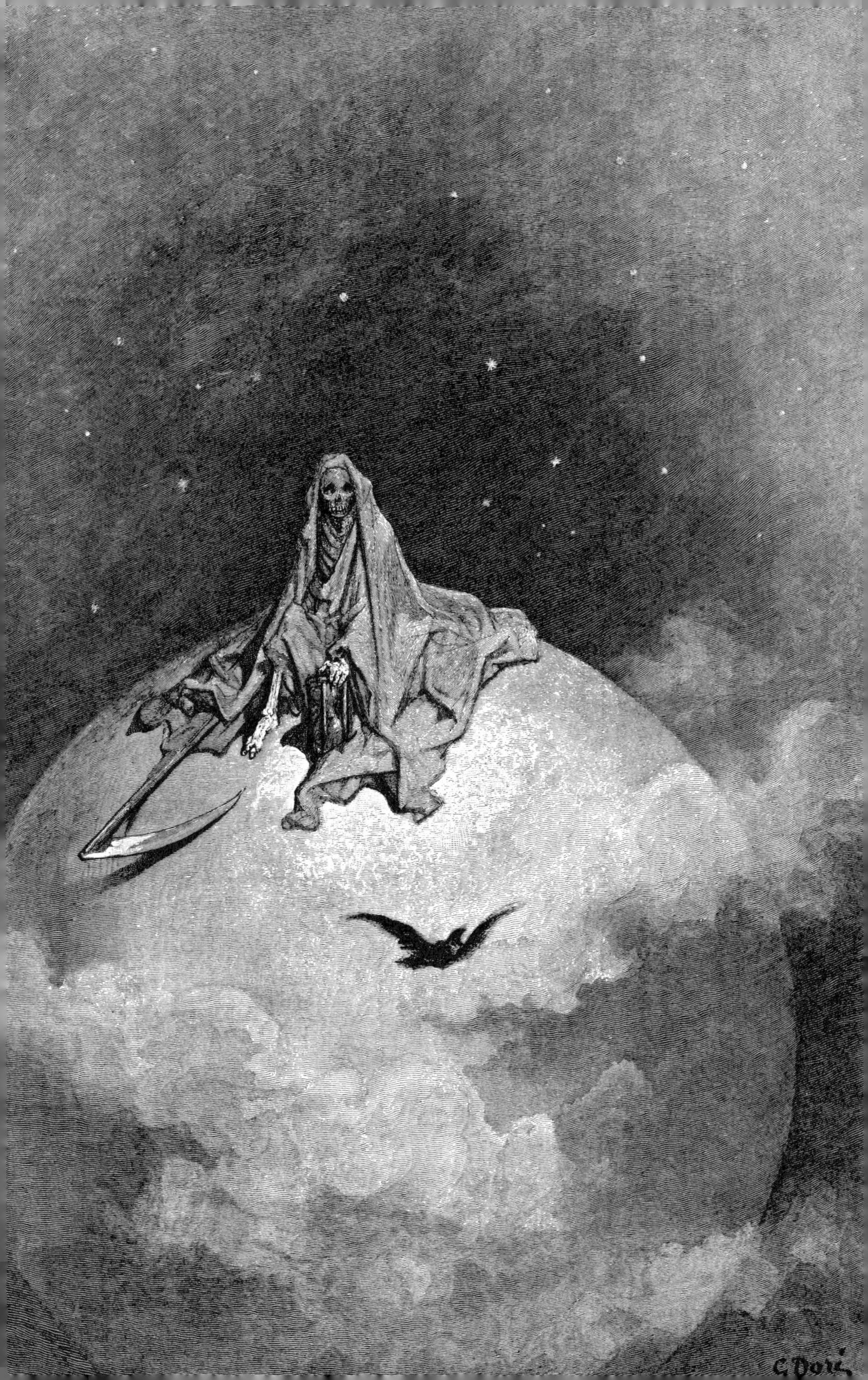
G. Doré

していた。
　彼は紙を試してみた。素晴らしい質であって、重くざらざらしたカートリッジ・ペーパーで、鉛筆も彼の手にグローヴみたいにマッチしていた。ギュスターヴはこれ以上の課題を望めはしなかったであろう。彼の得意なものが一つあったとしたら、それはデッサンだったのだ。彼は大きな白い月長石の上に座ってやり始めた。
　ギュスターヴは自分の生命を救うために描いた。そのデッサンを寓意的に仕上げた。地球の上に座り、骨だらけの手中に道具の大鎌と砂時計を持っている死神を。
　彼はこれまでやったことがないぐらい立派に仕事をこなした。夢遊病者のような確かさをもってすべてをやりおおせたのだった——プロポーション、線影、服のしわ、光、影、頭蓋骨の解剖学的描写……すべてが完璧になされていた。ギュスターヴはいつもこのように、すばやく、気後れしないで、印刷してもよいように描けることを望んできたのだ！　実際、デッサンはそのまま印刷されることになっていたし、木版画とかエッチング版画を作製する必要はなかったのである。それは魔法の鉛筆だった！　これほどの素晴らしい絵をかつて描いたことはなかったのだ。
　「終わったかい？」死神がもどかしげに訊いた。「こっちへ寄こせ！」
　ギュスターヴが紙を差し出すと、死神は長らく入念に吟味した。それから咳払いして言った。
　「このデッサンは目もあてられない！　いいところは何もない！　プロポーションは間違っている。線影(ハッチング)は素人くさいし、衣分(ドラペリー)は大しくじりだ。明暗法の効果はすっかり精妙さを欠いている。遠近法さえうまくこなしていないし、輪郭をだいなしにしてしまった。頭蓋骨の解剖学的描写に関してだが、わしは生涯でこんなふうに見られたことは一度もない！」
　ギュスターヴは打ちのめされてしまった。彼の仕事に関して、これまでに発せられたもっともひどいこき下ろしだったのだ。
　「それに中庸にかんしてはどうか？」と死神は続けた。「立派なデッサンはみな中庸に則って構成されねばならぬ。ところが、わしにはそのかけらも見

夜間の爆走　167

当たらない」。
　ギュスターヴは目をうんと細めた。中庸？　いったい死神は何のことを語っているのか？　ひょっとして黄金分割のことなのか？　おい、ちょっと待て……死神はそもそもデッサンのことをてんで分かっていなかったのではないか？
「それに配色だ！」死神は文句をつけた。「あまりにもごってりし過ぎている」。
　すると、デメンティアがゲラゲラと笑った。
　配色だと？　ギュスターヴは考えた。いったいどの配色なのか？　白黒のデッサンだというのに！
　死神は紙を地面に投げ捨てた。「何の役にも立たぬ」と言いながら、ギュスターヴに空の眼窩を向けた。
　当たり前だわい！　ギュスターヴは突然ひらめいた。そして、この瞬間からすべてのことが明らかになったのだ。奴の目だ！　死神に目なぞ一つもない！　全盲だったんだ！
　デメンティアが忍び笑いした。
　さもありなん、とギュスターヴは独り言をいった。とどのつまり、死神は私をまんまとひっかけたのだ。デッサンがどんなに優れていようと、それでもはねつけたであろう。
「それはぼくが最終テストに失敗したという意味ですか？」とギュスターヴは冷静に尋ねた。
「いいや」と死神が答えた。「この最終テストは合格するか否かが問題じゃなかったんだ。問題はおまえに死ぬ覚悟ができているかどうかということだったのさ」。
　死神はやや長広舌をふるい始めた。
「わしは人命をまだ未完のうちに奪うのが嫌いなんだ。人間どもが完全に仕上がり、得意の絶頂にあるときのほうがはるかに面白い。彼らが何か一角(ひとかど)の働きをしたときに連れてこさせるのが好きなんだ……だから50歳以後に彼らの多くは心筋梗塞に罹るのさ」。骸骨はさらに、知ったかぶりに話した。

「誰かが何十年も自己の目的を達成しようとあくせく働いてきてから、やっと成功の果実を味わえると期待していると、どかん！　ばーん！　その瞬間、彼らの命を刈り取るのは……最高の楽しみなのさ！」死神は骨ばった両手で空中に拳を振り動かし始めた、「魂は太っていなくちゃならんのだ。太った魂はよく燃えるし、より鮮やかに、より長く燃えるからだ。おまえの魂はちっぽけなウズラの肺だ。太陽にまで運ぶのは骨折り損になるだろうぜ」。

　死神は小ばかにした仕草をした。「さあ、行って、努力し、働き、闘い、失敗し、成功し、失敗し、再び最初からやり直すんだ。こうしておまえの魂がフォアグラみたいにふくらむようにせよ！　生命を終える前に香を焚くでないぞ！　生きる目的は死ぬことなんだからな。でも、おまえはまだ死ぬ準備ができていない。まず初めに、もっとたくさん練習しなくちゃならん」。

　死神はギュスターヴにそっぽを向いた。「行ってよろしい！」とそっけなく言い、衣をうしろに引きずりながら、自宅へと歩きだした。デメンティアも立ち上がり、幼女みたいに跳ねたり、クスクス笑ったりしながら後についていった。

　「行けって、どちらへ？」とギュスターヴは両名にうしろから呼びかけた。「居るところは月なんだ！　どうやってここから出られるっていうの？」

　すると不吉な兄妹が立ち止まり、振り返った。

　「あっ、そうだったわい」と死神がつぶやいた、「お前ら死すべき者は飛び方をずっと知らないんだったな。ずっと忘れていたよ」。

　死神は衣を引っかき回した。

　「ほら、この羽根を取れ！」と言いながら、ギュスターヴに太ったコウモリから奪ったらしい革の翼２本を広げて見せた。ギュスターヴは近寄って、それを受け取り、感謝した。

　「これはわし本人が設計したんだ」と死神が言った。「わし個人もときどきみせびらかすために使っている。紐で縛り、クレーターの端のよいポジションを選び、助走しなさい。あとはひとりでに進むだろう」。それから死神は再びギュスターヴから離れた。

　デメンティアは子供じみたクスクス笑いをしながら、兄のうしろを追って

夜間の爆走

走った。死神は家の扉の前に立ち止まり、長いこともう一度衣を引っかき回した。ギュスターヴには声を殺した呪いが聞こえた。「ほら、ここにあるぞ!」と死神は叫びながら、鍵を勝ち誇ったように高く掲げた。

　死神が家の中に入ったとき、大ガラスが屋根の上に止まった。デメンティアが彼のうしろから滑り込んだが、ドアがうしろで閉まる前に、突如立ち止まり、もう一度ギュスターヴを眺めながら、隙間からにっこりと微笑した。

　ギュスターヴはどこでドアを、いやむしろ、全貌を見たのかが分かった——彼が溺れかける寸前におった、あの海底でのことだったのだ。

　「また会いましょう!」とデメンティアは優しく呼びかけながら、ギュスターヴに投げキスをした。それからドアを閉ざしてしまった。

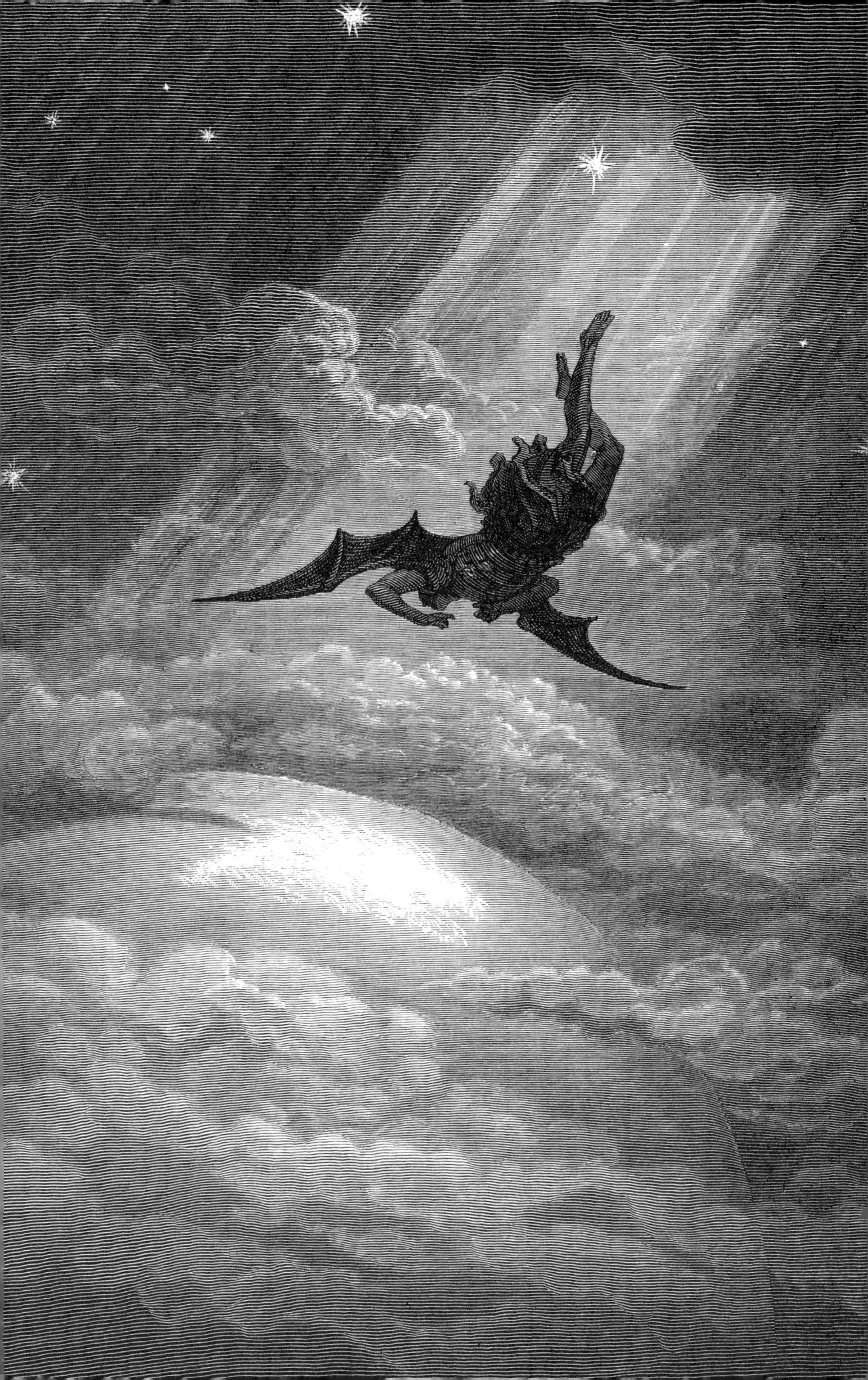

ギュスターヴは静寂の海を見下ろす最高の高峰に登った。革の翼を着用し、膝の屈伸運動を2、3回行ってから、助走した。ロケットみたいにただちに上昇し、地球に向かって飛び出した。「これは巨人族を殺害するよりたやすい」と彼は思った。

　宇宙を飛行している間は翼を必要としなかった。月からの飛躍は彼を砲弾みたいに地球へ向けて速く飛ばすのに十分だった。それからしばらくして、彼が地球の雰囲気に入ったとき、生暖かくて穏やかな風に包まれた。

　しばらくの間、ギュスターヴは自由落下を享受した。今夜はこの上ない多種多様な形の輸送を体験したのだったが、独り飛行は彼にはもっとも素晴らしいものに思われた。「鳥みたいに風に乗って滑翔するのは何と素敵なことか！」と彼は感じたのだった。

　彼はでんぐり返しをしたり、アクロバットを行ったりして時を過ごした。そうこうするうちに地球が近づくのを見た……とまさしく正しい方向に動きつつあった。そこはヨーロッパだったし、イタリアの長靴の形が見え、その上の左側には祖国フランスがあった。大陸はぼんやりした輪郭から、すぐに全速力で接近する広大な領土へと化した。

　野原や森林の黄色と緑色に囲まれた灰色の染み、それがパリだった！　素晴らしい！　ギュスターヴはいつもパリへ行きたかったのだ。灰色の染みはクモの巣に似た街路に早変わりし、ギュスターヴはもう個々の建物を区別することができた。

　「あれはセーヌ川だ、自分はこの都の真ん中に着地するぞ」とギュスターヴは興奮して叫んだ。「今こそ翼を使うほうが良かろう」。

　彼は羽ばたこうと試みたのだが、翼は動かなかった。「宇宙の冷気でまだ少々硬直しているんだ」と独り言をいった。

　そして、さらに羽ばたこうとしても徒労に終わった。翼はステッキみたいに硬直したままで、骨の間の翼膜だけが少しばかり風で震えていた。

　今やギュスターヴは屋根の上の瓦を一つ一つ見分けることができた。もう一度羽ばたこうと試みたが、翼は不動のままで、まったく役立たなかった。ギュスターヴは石みたいに落下しつつあった。

夜間の爆走

「死神があんたに何をくれたとしても、死神はそれを自分でコントロールするぞ！」というパンチョのコメントが脳裏に浮かんだ。そして、ギュスターヴは死期が迫っていることを悟ったのである。

「やっぱり死神はぼくを騙したんだ」と彼は苦笑いした。「奴は役に立たない翼を一対ぼくにくれただけなのに、感謝までしたとはなあ」。

ギュスターヴは真下に大きな丸石を敷きつめた広場——パリの典型的な特徴——を見た。

「とうとう死神の召使いになってしまったわい！」

これが丸石にぶつかる前にギュスターヴの抱いた最期の思いだった。

ギュスターヴは目覚めた。唇には無言の叫びを漂わせたまま、起き上がった。目は恐怖で見開いており、額は汗がにじみ、髪は湿った垂れ毛が頭にくっついていた。

　いったいどこにいたのか？　死んでしまったのか？　周りには灰色の虚無しかなくて、どこかでチラリと灯りが一つ点滅していた。星なのか？　いや、もはやこれらは宇宙ではあり得なかったし、彼がいたのは或る部屋の中だったのだ。頭上には天井があり、左右には暗い壁があった。それとも……天井の下を漂っていたのはグリュプスなのか？　そのとおり！　まさしく彼の傍らではコウモリみたいな翼をしたブタがはためいていたのだ！　龍が暗闇から現われ、爬虫類みたいな顎を開けて、橙色と青色の混じり合った炎の雲を吐き出したのだ……。それは龍に乗った少女だったのか？　ヌ・ー・ド・の少女だったのか？

　するとどうだ。部屋の片隅で二つのつむじ風が立ち上がり、床を横切って一斉に渦巻いたのだ。シャム双生児の大竜巻だったのであり、その前をア・ヴ・ァ・ン・チ・ュ・ー・ル・号が逃走中だったのだ。でも、ここで何が起きていたのか？　影のある、幽霊の一団がいたるところで群がっていた。片脚だけの鳥がすさまじい音をたてながら飛び過ぎ、せむしの小人がバッタの上に乗っかり、キャップを揺らしていた。他方では、蛇みたいな二つの怪物が転がりながら格闘しており、奇怪な長い脚をしたクモが威張って歩き回っていた。部・屋・中・が・冒・険・で・満ち満ちていたのだ！

　ずばり、このとおりだった。彼は死んでいたのだ！　パリの丸石の上に落下してグシャグシャに砕けていたのだ。そして彼が見ていたのは、時空のありうべき連続体の未来への投影の蜜蜂の巣、彼の短命な生涯の思い出の詰まった、宇宙の老人ホームでの最期の居場所だったのだ。彼はちょうど12歳に達していた。これ以上露命をつなぐことはできなかったのである。

　それからギュスターヴの目は薄明かりに慣れてきて、本当に目覚めた。ぼんやりした目で、息を切らしながら、周りを眺めた。

　部・屋・——彼の部屋——はいまだ暗闇だったが、弱い日光はすでにカーテンの透き間から射し込んでいた。部屋はひっくり返っているように見えた。そ

夜間の爆走

れから、ギュスターヴは足のあるべき所に足を置いて横たわっていることに気づいた。ベッドはしわくちゃになっており、シーツはマットレスから半ばもぎ取られており、枕は床の上に転がっていた。夜中に激しい枕の投げ合いでもしたかのありさまだった。

　ギュスターヴはやっと起き上がり、ベッドの端に座った。裸足のままスリッパを探し、そうしながら、寝る前に数ページを繙いていた書物を踏みつけた。セルバンテスの『ドン・キホーテ』、アリオストの『狂乱のオルランド』、ダンテの『神曲』、そのほか彼の教科書——生物学、数学、地理学、物理学、天文学、哲学——も一緒になっており、これらはギュスターヴに宿題を終えていなかったことを想起させたものだった。

　しかも本の天辺にあったのは、彼が就寝前に書きなぐっていたスケッチブックだった。それを拾い上げながら、最初のスケッチをぼんやりと眺めた。その主題——死神が黒衣をまとった骸骨姿で、地球儀の上に座っているもの——は、彼が読んだ詩の一行から浮かんだものだった。衣のひだはまったく失敗作だったし、骸骨も解剖学上不正確なものだった。ギュスターヴはそのスケッチブックを床に投げた。

　「これはまったく出来損ないだわい」と低い声で独り言をいった。「死神は正しかったんだ。ぼくはもっとたくさん練習しなくてはならないのだ」。

　ギュスターヴは目をこすり、長いあくびをした。それからベッドの端から立ち上がり、窓際へぐらつきながら近寄り、カーテンを開けた。

　白昼だった。

おわり

（付録）

ギュスターヴ・ドレの夢の映画
挿絵に基づく爆走

「私は何にでも挿絵を描くぞ」
　　　──ギュスターヴ・ドレ

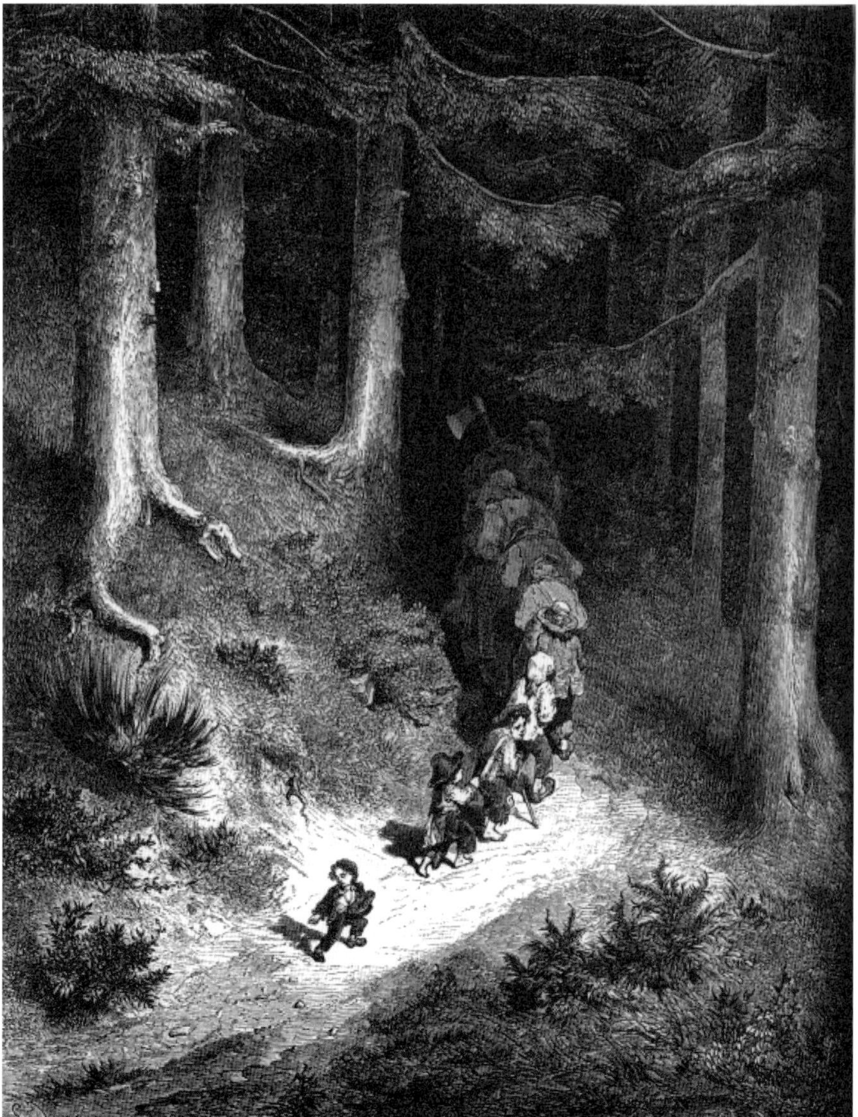

白昼夢から夢判断の本へ

　すべてはギュスターヴ・ドレのこの挿絵とともに始まった。私は児童書の挿絵に関する或る専門書の中で、それを発見したのだ。シャルル・ペローの童話『親指小僧』への木版画の影響はあまりに強力だったから、それへの思いは私から離れることはなかったし、小人の群れが薄暗い森への道中に見舞われること――きっと喜ばしいことにはなるまい――を私は何度も何度も想像せずにはおれなかった。

　この挿絵に関して短篇小説を書いたらどうか？　短い不気味な童話――たぶん中心モティーフは鉞(まさかり)殺人や人肉嗜食(ししょく)ということになるだろうか？　でもひょっとして子供たちに起きたことはそれほど不愉快だったというわけではなく、たぶんとどのつまり、鉞佩帯者(まさかりはいたい)には首を取ることが大事なことだったのだろうし、その首が子供たちによって生身のまま食べ尽くされることになったとしたら？　それとも10人の黒人の赤ん坊が油を絞られる物語はどうか？　一人息子として生き残るちびの親指小僧――しかもそのときごくごく小さい狼によって餌(えさ)にされてしまう――は除くのか？

　いずれにせよ、私は長考の後、もう一度ギュスターヴ・ドレの作品を徹底的に扱う決心をしたのだった。そのつどギュスターヴ・ドレの挿絵を見て燃え上がった個別短篇小説の集成、まる一冊の本を上の着想から作れまいか、と私は考えたのである。

　それから事態は少々変わってしまい、短篇小説集から長篇小説に化したのであり、そして残念ながら、よりによって、『親指小僧』へのこの素晴らしい挿絵――ドレの最上のものの一つ――は、完本への道を見いだしはしなかったのだ。しかしながら、それは私の『夜間の爆走』への最初の推進力、チケットとなったのである。

　私は書店で見つかるようなドレのものはすべて購入することに決めた。この時分、私はアメリカへの長旅をしていたので、資金はドーヴァー社の安い紙装版に限られた。この版本ではドレの挿絵は文字上の脈絡から切り離されており、たんにこの挿絵画家への参考資料としてだけ印刷されていた。こう

いう挿絵に対する自由裁量は、私の目論見にとり予期せぬ、役立つ効果を及ぼした。つまり、本文なしのため、挿絵それだけで独立していたし、独自の思いつきのために多くの余地を残してくれていたのだ。もちろん、私は間もなく、挿絵をめぐっての短篇小説を書くという考えを断念した。つまり時とともになかんずく或る関連があるように見えだしたために、格別根強い印象を私に及ぼし、挿画選択が結晶化したのだ。私はイラストをいろいろとフォトコピーし、ファイルし、そしてそれらを繰り返し眺めた、——するとそれらが次々と物語の展開へと適合していき、その中でギュスターヴ・ドレ本人が主人公を演じる短篇小説のための素材を十分に産み出す、連続したストーリーを具備するに至ったのである。

　12歳のギュスターヴが見た夢の中で、彼本人が創作したうちで最良の挿絵数点がまず思い浮かぶ。ある一夜のすごい旅の中で、彼はさまざまな危険や怪物たちでいっぱいの世界を通り抜けて、幻影から幻影へと移動する。彼は自分の魂が懸かっている、死神と賭けをする。そのため恐ろしい怪物や幽霊、裸のアマゾンたち、火を吐く龍たち、思考する嵐、悪意のある巨人たち、夢の王女、それに喋る馬とのさまざまな冒険に打ち勝たねばならなくなる。

　これは芸術的財産の獲得、国際的著作権の細心な徹底的駆使だった。なにしろイラストに関しては、芸術家の死去60年後のものは自由に使用できるからだ。しかも、自分自身に対する非難は乗り越えられうるものだった。ドレは自らイラストを描いた著作家たちに対して、無慈悲に扱ったことが実証できるからだ。彼のイラストは文学的根拠から逸れた、独特の、とにかくいつも決まってより劇的な話を語っていることが稀ではないのだ。ドレによりイラストを描かれた著作家たちすべてが、もし生前にそれを見かけたとしたら、必ずしも幸せとは思わなかっただろう、と私は確信するものである。つまり、ダンテや、ラ・フォンテーヌや、セルバンテスが、自分たちの人物像や、風景や、場面をドレが眺めたとおりに実際に想像したのだろうか、と人は疑ってもかまわないのだ。ドレは自らの仕事を文学に従属させたのではなくて、本文を私物化することにより、それが彼のあふれんばかりのヴィジョンのための引き立て役になりうるようにしたのだ。彼はそれら本文の全ページにわ

たって書き込みをしていたし、それらを自らの視覚的想像力の下に無慈悲にも埋め込んでいたのである。ドレがイラストを描いたときに、スケッチしようと欲したのはコールリッジ、シャトーブリアン、ダンテではなくて、あくまでドレ、ドレ、ドレだったのだ。

　セルバンテスの『ドン・キホーテ』を彼は377点のイラストで、アリオストの『狂えるオルランド』を618点で、ラブレーを719点で飾りつけたし、また計画したものの、完成にはいたらなかったシェイクスピアのためには、彼は正味1000点——「広告ポスターにはぴったりの、端数のない数」（ギュスターヴ・ドレ）——のイラストを見積もっていたのだった。

　ときには、たとえばラ・フォンテーヌの寓話におけるように、彼はあまり本文に多くを期待していないように見えることがある。だから、夥しいモティーフが2回も、2つの異なる視座から描かれたりしている——つまり、全ページ大の木版画と、半ページのペン画とにおいて。本文が絵を描いているのであって、その逆ではないかのような印象を与えるほどなのだ。そういう印象をジュール・バルベー・ドールヴィリ（1808–1889）も抱いたのに違いなく、彼は『命知らずな話』を見たとき、「このイラストレーターはバルザックであり、イラストに描かれたのはドレなのだ」と述べたのだった。

　それだから、私も師匠ドレから方法を借用してこれを裏返しにした。つまり、彼は本文に挿絵を描いたのだが、私はそのイラストを本文化したのである。ドレも死せるパートナーとともに仕事するのを好んだものだから、私としても良心の重荷をおろすためにこうみずから思い込んでもよかろう——創作上の死体損壊という私の方法が彼の気に入ったはずだ、と。しかもさらに、本小説は師匠の前での最敬礼にほかならない以上、師匠がずっと評価されて当然だったもの——その作品のきちんとした新版——を贈って師匠を再発見するのに助けともなり得るであろう。

　なにしろギュスターヴ・ドレは相当以前から印刷された形できちんと評価されてきてはいないから、彼のイラストはとにかくたいていはひどく縮小されたし、まずく複製されたり、あるいは一部を切り取った切片で印刷されたりしてきているのだ。

今日ドレのイラスト集を元来の豪華版で堪能したい人は、挿絵文書館に赴くか、高価な古本を入手しなくてはならない。なにしろほんの19世紀末までは、彼の木版画は実際に適切に、直接重量級の愛書家用の特大サイズの木版に基づき印刷されたのに、今日ではそれは推測可能な理由から流行遅れとなってしまっているからだ。ドレのイラスト入りの、アリオスト作『狂えるオルランド』の私蔵本は、秤にかけると3キログラムの重さだ。
　ドレの死後、複製本の質は貧弱になる一方であり、判型は小ぶりになり、そしてゼロックス複写は精巧な木版術のマイクロコピーによる繊細な仕上がりを、もはや正当に評価されなくしてしまっている。
　『夜間の爆走』がドレをテーマとする再評価の書物が印刷されるようになるためにいくらかなりとも寄与できるならば、まことに喜ばしい。

挿絵に基づく暴走

　ギュスターヴ・ドレは1832年に、シュトラースブルク（ストラスブール）に生まれた。お産がもう少し離れた所で行われたとしたら、彼はドイツ人になったことだろう。そして、おそらくは、ラ・フォンテーヌの『寓話』の代わりにグリムの『童話集』を、『ガルガンチュアとパンタグリュエル』の代わりに『阿呆物語』を、バルザックの代わりにE・T・A・ホフマンのイラストを描いたことだろう。無意味ながら、興味深い思惑をめぐらせば、グリム兄弟のより薄暗い童話をドレが映像化したならば、きっとラ・フォンテーヌの寓話よりもいささか魅力あるものとなったことであろう。そこからはたして、どんな書物が出来上がったかは想像を絶することなのだが。
　ドレの両親はプリュシャール生まれのアレクサンドリーヌ・マリー＝アンヌと、ピエール・ルイ・クリストフ・ドレ（橋梁および道路工事技師という正規の当世風の職に就いていた）だった。教育は自由で、想像力を促すものだったらしい。ギュスターヴはすでに5歳にしてスケッチへの早熟な才能（これはとりわけ母親から歓迎され引き立てられた）と音楽領域での才能（そこでは彼は歌手、マルチ器楽家、ヴァイオリン名手として頭角を現わしている）を発揮した。だが、彼がもっとも精力を投入したのはデッサンだった。

1841年に一家はジュラ県のブール゠カン゠ブレスに引越し、ギュスターヴは当地の中学校(コレージュ)に通った。15歳で彼の最初のデッサン集『ヘラクレスの仕事』が刊行され、16歳にしてパリのイラスト入り雑誌の本雇い挿絵家としての契約を手中に収めていた。だが、ギリギリ10年後になって初めて、バルザックの『風流滑稽譚』にドレがイラストの協力をして刊行されたことにより、国民的に——後には世界的に——名声が拡まったのである。
　10年以上もの大胆な時の歩みを上の文で気づかれたことだろう。だがドレは伝記を面白くするかのように、社交的にすぎる生活から足を洗ってしまう。そう、ドレはサラー・ベルナールと識り合った。ロッシーニと友だちになった。ヴィクトリア女王に迎え入れられたのだ。ただしもうこれによって、伝記上興味深い事実がほとんど尽きてしまうので、私としてはさらなるもろもろの事実はこれらを強く圧縮させてもらうことにする。ギュスターヴ・ドレは夥しいデッサンを描いたし、亡くなったのは51歳のときの心筋梗塞によるもので、1883年1月23日のことだったのだ。伝記上の日付については、どうか添付した年表を参照されたい。
　われわれとしてはむしろその代わりに、作品のほうを凝視してみよう。挿絵9850点、楽曲題名68点、ポスター3点、石版画51点、エッチング54点、スケッチ526点、水彩画283点、油絵133点、彫刻45点をドレは残したのだ。彫刻、ポスター、楽曲題名、油絵、水彩画のことは当面わきにどけておこう。本書で取り上げるのはもっぱらモノクロの素描画である。29歳からドレが始めたのは、世人が誇大妄想狂と遠慮なく名づけてもよいような、挿絵世界文庫という生涯計画の遂行である。予定されていたのは、ダンテ、ペロー、ラ・フォンテーヌ、セルバンテス、アリオスト、ミルトン、モンテーニュ、バイロン、『千夜一夜物語』、ホメロス、ウェルギリウス、アイスキュロス、ホラティウス、アナクレオン、タッソ、『オシアン』、モリエール、ラシーヌ、コルネイユ、ラマルチーヌ、シェイクスピア、スペンサー、ゴールドスミス、ゲーテ、シラー、ホフマン、プルタルコス、ボッカッチョ、それに『ニーベルンゲンの歌』である。ダンテから開始し、そして上掲の順序にしたがえば、『千夜一夜物語』までやってのけた。残りのもののためには、寿命が足りな

かったのであり、シェイクスピアの場合に見られるように、せいぜい２、３の立案だけに終わっている。

ドレの計画ノルマが達成しなかった——帳尻が合わない——場合でも、とりわけ、彼が（鳴り物入りの数人だけを挙げただけでも、ポオ、ゴーチエ、デュマ、ユゴーといった）余技にそれら作品にイラストを描いてきた約200名の名前をほかに加算した場合でも、そうだったのだ。さらに、そのまったく偉大な名を忘れるべからざる、神の場合にも。なにしろドレはもちろん、"書物の中の書物"たる聖書にもふんだんに挿絵をつけることを引き受けずにはおれなかったのだ。ドレの聖書は700版にも達する、彼のもっとも人気のある挿絵本となったのである。

要するに、彼は30年間に挿絵本を221点——１年につき優に７冊、約２カ月ごとに１冊——飾りつけしたのだ。彼の最高の発行部数を誇るタイトル30点だけを取り上げても、イラストの総数は5517になんなんとしているのだ。

実際にはこういう大作の多くは今日では埃をかぶらされているし、あるものはまがい芸術として、いくつかは当然ながら忘却されてしまった。彼の聖書への挿絵だけは依然として多大な労力、時間、才能を投入していたとの印象を与えている。無数の天使、聖者、ザラザラひげを生やした神父、至福の人びと、聖母、そして波のように垂れている法衣（これは聖書においてだけとは限らぬが）、こういうものは新世紀の美術愛好家たちをうんざりさせる。

ドレはしばしば好んで同じことを繰り返したし、一つの考えを未使用のままに放置することはほとんどなかったし、涸れることのない筆から彼に漏れ出たほとんどすべてのものを何倍にも増やす値打ちがあると見なした。相当数の木版画はただバカでかい数をカヴァーの上で主張する——「イラスト500付き！」——ためだけに出来上がったのでは、との印象を受けることも稀ではない。描かれたものを強調しすぎる彼の傾向は、彼をまがい芸術や激情に接近させていることも稀ではないし、このことは全作品をちらっとだけ観察すると、ひどい効果を及ぼしかねない。

だが反復や、決まりきったもの、えせ芸術をとりのけた場合でさえ、圧倒的な数のすばらしい仕事が依然として残存しているのだ。風景！　動物たち！

怪物たち！　海の景色！　戦闘！　ラブレーへのグロテスクな挿画！『狂えるオルランド』の怪物たちの集団状景！　セルバンテスの『ドン・キホーテ』のための、これまで異論のない、イラストの世界新記録！『聖なるロシア史』における実験的な前衛コミックの先取り！　ペロー童話集への身の毛もよだつ図版！

　ドレが乱暴なもの、奇異なもの、無気味なもの、滑稽なもの、空想的なものを模写しなければならなかったとき、要するに、へまな行動をせざるを得なかったときにはいつでも、最高の形に追い上げたのだった。食欲欠如症のドン・キホーテと超過重のサンチョ・パンサとのグロテスクな二人組を、彼はいかにうまく心得ていることか！　それに反して、彼の聖書の聖者たちはいかにも退屈で単調に見える。彼の奇妙なもの、歪(いびつ)なもの、醜悪なもの、侏儒(こびと)、悪魔、巨人はいかに刺激的なことか！　彼の天使はいかに古くさいことか、彼の魔物はいかに超時代的なことか！　死はいかに圧倒的なことか、花盛りの人生はいかにつまらないことか！　暗黒なものの劇的な性質や、快活なものの退屈さは、彼の風景にも現われている。天国の状態とか牧歌的な状態にドレが挿絵を入れなければならなくなると、図版は退屈な明るい灰色を帯び、そしてさらにページをめくるように招いている。だが、深淵、地獄、中間領域となると、影は異常増殖し、対照は深まり、ディテールが何倍にもなり、気まぐれがほとばしり出て、デッサンの精密さはミリメートルに濃縮されるのだ。もしドレのイラスト入り本を親指でめくりながら、どこに最良の箇所があるのかを見つけ出さねばならないとしたら、それはもっとも薄暗いところだ、と主張しても当然ということになろう。

　ことがそれほど単純にすぎないのならば、そのとおりだ。だが、ドレの夥しい木版画には、すべてを陰気なものに変えながら、それでいて壮大である作品があるのだ。『ドン・キホーテ』全巻、コールリッジの『老水夫の歌』中の雪や氷のデッサン、ラ・フォンテーヌ『寓話』中の動物描写といったように。この最後の一冊だけでも、人は豪華本にすることができるであろう。

　私の小説においてどういう選択基準が約20点の挿絵に帰着したのかという問いへの答は、おそらく驚くべきものとなろう。それはイラストの映画製作

（付録）挿絵に基づく爆走　189

上の質の良さにあったのだ。この挿絵のごく微少な、はるかに隔たった、もしくはごく枝葉末節な範域でさえも、極端に際立たせられたり、完全に隅々まで照らし出されたり、空間的効果は十分に活用されたりしていたし、光と影の配分は自然の作用よりもはるかに劇的な効果に従っていたのだ。こういう豪勢さや暗示力は今日では、スクリーン上でのみ見いだされるだけである。

こういうことが、彼が当時において世界的成功を収め、彼が今日根強い蘇りを見せている理由の一つなのかも知れない。彼の新しい見方や芸術的な映画技術の先取りは予見的かつ革命的だったし、それ以前にもそれ以後にも書物へのイラストにおいて、これほど多くのものが眼前に差し出されたことはついぞなかったのである。

ドレの後期の勝利を堪能することが野心的な彼にとってもはや許されなかったのは、悲劇的に思われる。造形技術への変わらぬ影響力が彼には拒まれたままだとしても、20世紀のもっとも商業的な芸術形式 ── 映画 ── への彼の影響力は今日までびくともしていないのである。

夢の映画の中で

「ドレを生気づけさせることが私の生涯の使命であるように思われる」テリー・ギリアムのこの言葉は、ドレがいまだ全然存在しなかった芸術様式に及ぼした影響についてかなりのことを証言している（ドレが没したのは1883年のことである）。映画が誕生したのは通常1895年のこと ── リュミエール兄弟の映写機へのフランスでの特許申請の年 ── とされており、この時点ではドレが亡くなってからもう12年も経過していた。だが映画の発明家・開拓者たちの大半はいまだドレの同時代人だったし、少なくとも彼らの幼年時代や青年時代には、ドレの世界的な流行にさらされてきたのである。ドレの本 ──すくなくとも彼のイラスト入り『聖書』── はほとんどの市民の家庭にも存在したし、よく管理の行き届いた図書館で彼のイラスト入りの古典作家のもの数冊がない所はほとんどなかったし、これはなにもフランスだけとは限らなかったのである。ドレの挿絵本は当時の教養基準として全世界に広まっていたのであり、映画という新媒体の創造者で、少なくともドレの仕事の

一部に通じていなかったような者はほとんど一人もいなかったであろう。

　特殊効果映画の祖先ジョルジュ・メリエス（1861‐1938）は、その舞台装置や、その機械巨人の顔つきや、その怪物および月の住民の仮面と衣装において、ドレを先駆者として、しかもいけしゃあしゃあとコピーしたのだった。

　セシル・B・デミル（1881‐1959）は聖書の映画化たる『十誡』（1923）の絵コンテ（ストーリーボード）においてドレの木版画を利用し、これを作品に忠実に置き換えた。聖書時代の情勢や、パレスチナ風景や、衣装やフォークロアについての、ドレの今日ではいくぶん心ならずも滑稽な表象は、1950年代まで続いてきたし、しかも『サムソンとデリラ』のような映画や、『十戒』の新しい映画化にも刻印を残してきたのである。

　だが、ドレの映画への影響は宗教やファンタジーといったテーマだけに限らない。フリッツ・ラング（1880‐1976）の『ニーベルンゲン』（1924）における記念碑的なチュートン族の原生林、ダグラス・フェアバンクス出演の『バグダッドの盗賊』（1924）における千夜一夜物語の構築様式、ムルナウの傑作『ファウスト』および『ノスフェラトゥ』、パウル・ヴェゲナーの『ゴーレム』、さらにまた、メリアン・C・クーパーとアーネスト・B・シュードサックの『キング・コング』（1933）のようなトーキーの最初の大成功（ここではドレがミルトンのイラスト本のためにデザインしていた原生林が利用されていたことははっきりしている）は、いずれもいくらかはドレのお陰なのだ。クレジットではそのために彼の名前がわざわざ挙げられたためしはないけれども。

　ドレの詳細で印象深いロンドンの光景や場面は、英国のディケンズ挿絵師たちのもの以上に、ディケンズの映画化『大いなる遺産』（1946）および『オリヴァー・ツイスト』（1948）の舞台装置を担当したデヴィッド・リーンに長く影響を及ぼした。シャルル・ペローの『童話』に対するドレの木版画は、ジャン・コクトーの『美女と野獣』（1946）の空想的な図柄や衣装の先鞭をつけたし、それは同じ素材の現代のディズニー版においてさえ、いまだに影響の痕をとどめている。ドレの水彩画『驚異の庭』は、ヴィクトル・ユゴーの『ノートルダム・ド・パリ』のウィリアム・ディターレによる映画化『ノ

ートルダムの傴僂男』(1939)において、チャールズ・ロートンと協力してほとんど一つ一つセットとして複製されたし、とにかく、その映画にははっきりとドレの署名が記されているのである。一部は銅版印画の舞台装置で演じている、カレル・ゼーマンによるジュール・ヴェルヌの珍しい映画化は、ドレのデッサンや印刷技術の下ごしらえなしには考えられないであろう。ドレから習得した木版画家の多くは後に、ジュール・ヴェルヌの成功した数々の書物へのイラストを描いたし、彼らは師匠の多くの考えを持ち出したのだった。

モンティ・パイソンの映画『人生狂騒曲』に死神が登場するとき、コールリッジの『老水夫の歌』に対するまさしくドレのイラストから立ち上がったように見える。パイソンの仲間、とりわけテリー・ギリアム(1940-)はほとんどすべての映画において、決まってドレを用いていた。テリー・ギリアムはすでに『モンティ・パイソン 人生狂騒曲』(1983)の寸劇の合間の小さなアニメーションにおいて、切り取られたドレのスケッチを利用し始めていたし、そして、最終的には『バロン』(ドレがほかの誰よりも満足しそうな映画)の主役を、ちょうどドレのイラストにおけるミュンヒハウゼンに似ているとギリアムが見た限りでの基準に則り、選びだすほどに至った。デヴィッド・フィンチャー(1963-)の『セブン』(1995)では、ドレの挿絵がずばり直接いろいろの書物から抜き出して映画化されている。1998年になると、ロビン・ウイリアムズ(1951〔2〕-)は『地平線の彼方』において、ドレのダンテ『神曲』イラストをコンピューターで複写したあの世を通って逍遥していた。次ページのチューバッカと『狂乱のオルランド』の素描との対比を目にしても、なおジョージ・ルーカスの『スター・ウォーズ』の仮面製作者がドレを利用したことを拒むような者がはたしているだろうか?

映画史は公然たると隠然たるとを問わず、あまりにもギュスターヴ・ドレへの参照にあふれているから、将来においても、天国、地獄、霊界のテーマで具象的インスピレーションを探し求めるときには、これ以上に優れた参照の可能性は得られないであろう。だが、映画製作者たちのドレへのこの魅了はいったいどこに由来するのか? 彼の仕事とほかの同時代のイラストレー

『スター・ウォーズ』
の著作権者から掲載の
許可が得られませんで
したので、「チューバ
ッカ」の写真を削除い
たします。

『スター・ウォーズ』のチューバッカ　　　　　『狂乱のオルランド』中の人喰い怪物

ターとの違いは何なのか？　自明ながら、挿絵や絵画では彼以前にも全体描写、大写し、集団場面は存在したのだが、ドレが挿絵した書物では、こういう手段があまりにもすみやかに入れ替わり立ち替わって経過するために、絵がひとりでに動き出すかのように見えるのだ。視力をできる限り完全に圧倒するためにドレが選んだのは、これ以上ないぐらい大きな判型だった。『ドン・キホーテ』初版のサイズは30×35センチメートル、『狂乱のオルランド』は44×33センチメートルもあって、これらはシネマスコープの判型だ。木版画の周囲のページの余白では余分に色を濃くすることによって、絵のモティーフをより強く照らし出させようとしていることもしばしばだった。こういう効果は、映写のそれに似ていなくもない。

　ドレが容貌を芝居じみた構図で仕上げているクローズアップの手法は、白黒映画の隅々まで完全に照らし出すそれを想起させる。ものすごく速い動きをしているもっとも劇的な瞬間をくぎづけにする彼の才能は、今日のわれわれには静止画像やスローモーションを想わせるし、彼の照明方法は現代のス

（付録）挿絵に基づく爆走　193

ポットライト技巧を想起させる。ドレの人間を一面に撒き散らした戦闘場景は壮大なスペクタクル映画の誇大妄想を招くし、彼の龍たち、巨大グモやそのほかの怪物たちはストップ・モーション技法や機械的な木型製作の開拓者たちのファンタジーを焚きつけてきた。映画媒体のほとんどいずれの芸術的・職人的局面にとっても、ドレの作品のうちにインスピレーションや雛型が見つかるのである。

　名人にはこんなこともあったのかも知れない。つまり、全世界を被覆する一つの芸術形式となるための、そしてまた、飽くことを知らぬ数々の書物を絵やお金に変えるべくせっせと摂取している一つの創造産業——ハリウッドの生産様式——となるための、精神的祖先が、ドレにより身をもってあらかじめ訓練していたのかも知れないのだ。

　映画界の偉大な名前がドレにもっとも近いのはおそらくウォルト・ディズニーであろう。彼もドレと同じく、献身的で、才能に恵まれた素描家たちの装置をもって、芸術的・商業的な混合商品工場を営んだのであって、それは世界に周知の童話および高級な文学の素材、通俗科学的および（戦時には）国民的テーマをもって自らの製品に公衆の人気を獲得してきたのだった。ドレもディズニーも二人ともその仕事への芸術的品質がきちんとしていたし、かといって、そのために決して商業的局面を度外視しはしなかったのだ。両者ともその製作ではしばしばまがい芸術を苦労しながらもすり抜けてきたし、感傷性や情念(パトス)に傾きがちだったし、それにもかかわらず、いつでも好んで自らのより暗い側面を示してきた。偉大なディズニー古典作家たち（ここではもっぱらウォルト・ディズニーの生きていたときに製作された映画だけを話題にしている）の成功処方箋——コミックとホラーの混合、ロマンチックで、ハラハラさせ、劇的、悲劇的で無気味な要素を最高の職人レヴェルで釣り合わさせること——は、ドレがその数々の書物の最上のものの中であらかじめ教練していたことなのだ。家族全体の娯楽をつくりだすという大きなターゲットグループをいかに人びとが要求しているか、一つの文学的素材からヴィジュアルな商品をいかに展開させ、複製し、注文させてこれを販売するか、しかもそれにより最大の評判すらをもいかにして吸い取るか、といったこと

を両名とも心得ていたのだ。
　ディズニーもドレも、芸術的真価を認められることよりも現金での需要を、新聞の文芸欄よりも広範な大衆からの好評を受け入れていた。むろん、ドレはディズニーとは反対に、素描家から純然たるビジネスマンへ、という究極の歩みを実現することは決してなかった。彼は決定的に創造的な仕事を転付することは決してできなかったし、そうではなく、多種多様な活動 —— 素描家、画家、そして最後に、とりわけ精力を投入して彫刻家としての活動 —— において、ますます多くの時間を費やしていったのだ。心筋梗塞で死ぬ寸前に、この点では遅ればせながらも自覚が彼に訪れたらしく、日記の中ではこう記されていた ——「私はあまりに多くのことをやり過ぎた」と。

　　　　　　　　　　　　　　(2001/2013年) ヴァルター・ミョルス

本書で使用した木版画はギュスターヴ・ドレによる以下の挿絵本に拠っている。

サミュエル・テーラー・コールリッジ『老水夫の歌』(pp.9, 15)、ルドヴィコ・アリオスト『狂乱のオルランド』(pp.23, 29, 35, 53, 69, 81, 157)、エドガー・アラン・ポオ『大鴉』(pp.39, 161, 165)、ミゲル・デ・セルバンテス『ドン・キホーテ』(pp.93, 107, 113, 143)、エルネスト・レピーヌ『妖怪伝説』(p.85)、フランソワ・ラブレー『ガルガンチュアとパンタグリュエル』(p.121)、ジョン・ミルトン『失楽園』(p.171)、『聖書(バイブル)』(pp.135, 175)。

ギュスターヴ・ドレに関してもっと知りたい読者諸賢のために、以下のページでは、彼の生涯における最重要な出来事と、その主著のリストを載せてある。

ギュスターヴ・ドレの年表

1832年　ギュスターヴ・ドレ、ピエール・ルイ・クリストフ・ドレと妻アレクサンドリーヌ・マリー＝アンヌの息子としてシュトラースブルク（ストラスブール）のニュエ＝ブル街5番地にて、6月6日誕生。

1837年　ドレの才能が目立ったのはまず5歳になって、帳面に彼の親戚と教師たちの戯画を描いたときである。

1839年　彼はいくつかの楽器を習い始め、ヴァイオリンの名手となる。

1841年　一家が職業上の理由から、ジュラ県のブール＝カン＝ブレスに引っ越す。地元の中学校(コレージュ)に通学。初めてダンテの『神曲』への挿絵を試みる。

1847年　処女作『ヘラクレスの仕事』（パリ・オーベール社）出版。

1848年　ギュスターヴ、初めて両親と一緒にパリを訪問。雑誌発行者シャルル・フィリポンと契約し、ドレは同社の素描家として採用される。シャルルマーニュ高校(リセ)に通う。父親死去。

1849年　ドレの母親、パリへ引越す。

1851年　思春期の作『観光旅行の不愉快なこと』刊行。雑誌「イリュストラション」のスタッフに加わる。

1853年　ドレ、バイロン卿の『全集』にイラストを描く。

1854年　ドレ、最初の挿絵入りの大作『ガルガンチュアとパンタグリュエル』（ラブレー）を刊行、センセーションを巻き起こす。同年、『聖なるロシアの描画による歴史』刊行。クリミア戦争についての風刺的で文体が大胆なこの挿絵入りの歴史は、漫画のもっとも想像力豊かな先触れの一つに、安心して分類してもよかろう。

　　　　　ドレ、画家として初めて成功。

1855年　パリでの世界展覧会。

　　　　　ドレ、バルザックの『風流滑稽譚』の挿絵を描く。これはラブレーの仕事とともに、ブック・イラストレーターとしての彼の国際的名声の根底を築いた。ジョン・ラスキンはバルザックの本とドレの挿絵についてこう評した──「人類の芸術でも悪の文学でも、かつてこれほど刺すようで、思いつかぬぐらい恐ろしいものを、かつて表現したためしはない。意図的な堕落において両者を越えるのが可能だとは、私には想像できない。本文は微妙、悲惨かつ残忍な厚顔無恥の冒瀆的な言葉で満ち満ちており、そのいくつかは司祭たちの口から発せられている。イラストは要言すれば、比類のない獣性だ。死および罪に関するもっとも不愉快で奇妙なページが、風刺漫画の空想的な無気味さで激化されたり、地獄の火口の沸騰する噴煙から生じた変形や歪曲を通して見られたりしている」。

1857年　ドレ、セギュール伯爵夫人のおとぎ話にイラスト。その後数年にわたり、非文学的ないくつかをも含めて、多種多様なプロジェクトに従事。

1861年　ダンテの『地獄篇』とともに、ドレはイラスト入り作品の世界文庫という壮大な企画をスタート。彼の芸術的産出は徐々により産業化されていき、彼はますます多くの仕事に同時に取り組むようになる。

1862年　ドレ、シャルル・ペローの童話とゴットフリート・アウグスト・ビ

	ュルガーの『ミュンヒハウゼン』にイラストを描く。『ドン・キホーテ』の最初のスケッチを行う。
1863年	ドレのもっとも成功した作品と推定される『ドン・キホーテ』が刊行される。印刷部数でこれに勝ったのは、彼の『聖書(バイブル)』だけである。
1864年	ナポレオン3世、ドレを10日間宮廷に招く。
1866年	『ドン・キホーテ』が国際的ベストセラーとなり、ドレは当時のもっとも高額所得芸術家となる。『聖書(バイブル)』とミルトンの『失楽園』がドレのイラスト入りで出版。彼の絵画はあまり成功せず。同時代の批評家の無慈悲な意見では、「壁紙のほうがもっと値打ちがある」。
1867年	ドレ、ラ・フォンテーヌの『寓話集』とテニソンの『国王牧歌』にイラスト。
1868年	ドレ、フランスでの絵画の失敗に幻滅して、ロンドンにいったん移住し、ここで画家およびイラストレーターとして勝利を博す。ニューボンド街35番地でドレ・ギャラリーを開設。ダンテの『浄罪篇』と『天堂篇』にイラストを描き、ときには警官の護衛つきで、ブランチャード・ジェロルドの本文にもとづく『ロンドン』ブックにスケッチを描く目的から、ロンドンのあまり香しくない地区にも夥しいエクスカーションを企てる。
1870年	フランス帝国瓦解。ナポレオン3世、セダンの闘いでプロシア軍に捕らえられる。
1872年	ドレ、彫刻をもやり始める。若干の歴史書とともに、『ロンドン』ブックが刊行。
1875年	ヴィクトリア女王に拝謁。サミュエル・コールリッジの『老水夫の歌』にイラストを描く。
1877年	ジョゼフ・ミショーの『十字軍の歴史』がドレのイラスト入りで刊行。
1878年	『千夜一夜物語』に初めてイラストを描く。
1879年	ドレの最後の主要イラスト本『狂乱のオルランド』(アリオスト)刊行。彼はレジョン・ドヌール勲章のオフィシエ［四等］受勲者と

なる。
1880年　ドレの親友の一人、ジャック・オッフェンバック没。
1881年　母親没。
1883年　ギュスターヴ・ドレ、１月23日パリにて心臓発作にて没す。同年、彼の最後のイラスト本たるエドガー・アラン・ポオの『大鴉』が刊行。

ドレの主要イラスト作品リスト（アンリ・ルブランに拠る）

1847年　ドレ作『ヘラクレスの仕事』
1851年　『こうるさいパリっ子たち』（アルバム）
　　　　ドレ作『観光旅行の不愉快なこと』
　　　　『滑稽な美術館』（アルバム）
　　　　『愛書家ヤコブのイラスト入り作品集』
　　　　ドレ作『真価が認められずに不満足な三人の芸術家たち』
　　　　『世界でひとりぼっち』（A・ブロー）
1852年　『パリの光景』（エドゥアール・テクシエ）
1853年　『全集』（バイロン卿）
1854年　『ハートの医師』（A・ブロー）
　　　　『王の死刑執行人』（A・ブロー）
　　　　『パリのさまざまな読者たち』（アルバム）
　　　　ドレ作『聖なるロシアの描画による歴史』
　　　　『パリの動物小屋』（アルバム）
　　　　『ガルガンチュアとパンタグリュエル』（ラブレー）
1855年　『風流滑稽譚』（バルザック）
　　　　『ライオン狩り』（ジュール・ジェラール）
　　　　『東方戦争のポピュラーな話』（ミュロワ神父）
　　　　『金鉱を探す人』（J・シェーラー）
　　　　『ピレネー地方の湯治旅行』（イポリト・テーヌ）
1856年　『アフリカのなかのフランス』（B・ガスティノー）
　　　　『オールドミスの話』（ジラルダン夫人）
　　　　『中国の暴動』（ハウスマン）
　　　　『さまよえるユダヤ人の伝説』（ピエール・デュポン）
　　　　『騎士ジャウフレ』（マリー・ラフォン）
　　　　『砂漠の住居』（メーヌ＝レイ）
　　　　『若き青年貴族の回想』（レ・ペルスヴァル）

　　　　『日曜日のリフレイン』（プルヴィエ・ヴァンサン）
　　　　『靴修理店の話』（M・サンスフェルダー）
1857年　『一般地理学』（マルト゠ブラン）
　　　　『張り子の虎』（マリー・ラフォン）
　　　　『新おとぎ話』（セギュール夫人）
　　　　『アリーヌ』（V・ヴェルニエ）
1858年　『戦士ボールドハート』（G・F・パードン）
　　　　『聖ジョージの冒険』（W・F・ピーコック）
1859年　『イタリア戦役』（シャルル・アダン）
　　　　『イタリア戦役の会戦と交戦』（共著）
　　　　『エヒウ王の同志たち』（アレクサンドル・デュマ）
　　　　『ガリア人の狂気の沙汰』（アルバム）
　　　　『エセー』（モンテーニュ）
1860年　『歴史小説』（共著）
　　　　『新しきパリ』（ラ・ベドリエール）
　　　　『シリアの戦場』（マルト゠ブラン）
　　　　『ピレネー紀行』（イポリト・テーヌ、新版）
1861年　『山地の王』（エドモン・アブー）
　　　　『イエス・キリストの話』（ブーラス神父）
　　　　『地獄篇』（ダンテ）
　　　　『昔の歌』（シャルル・マロ）
　　　　『世界の舞台裏』（ポンソン・ド・テラーユ）
　　　　『道草』（X・B・センティーヌ）
1862年　『ミュンヒハウゼン男爵の冒険』（テオフィル・ゴーチエ）
　　　　『フランス史』（ヴィクトル・デュリュイ）
　　　　『スペイン』（ゴドール神父）
　　　　『フランス民衆史』（共著）
　　　　『メキシコ遠征史』（ラ・ベドリエール）
　　　　『コントと伝説』（ド・ロージョン）

　　　　　『カピテーヌ・カスタニェットの話』（レピーヌ）
　　　　　『コント集』（ペロー）
　　　　　『ライン川の神話』（X・B・センティーヌ）
1863年　『ドン・キホーテ』（セルバンテス）
　　　　　『アタラ』（シャトーブリアン）
　　　　　『パリ図解』（アドルフ・ジョアンヌ）
　　　　　『バーデンとシュヴァルツヴァルト』（アドルフ・ジョアンヌ）
　　　　　『妖怪伝説』（レピーヌ）
　　　　　『テントの下で』（シャルル・イリアルト）
1864年　『一分の物語』（アドリアン・マルクス）
　　　　　『騎士たちの話』（エリゼ・ド・モンタニャク）
1865年　『フリーボール』（ギュスターヴ・エワール）
　　　　　『クレシとポワティエ』（J・G・エドガー）
　　　　　『妖精界』（トム・フッド）
　　　　　『パリからアフリカへ』（B・ガスティノー）
　　　　　『千夜一夜物語』（ガラン）
　　　　　『享楽主義者』（トマス・ムーア）
　　　　　『黄金の矢』（M・V・ヴィクトル）
1866年　『カピテーヌ・フラカス』（テオフィル・ゴーチエ）
　　　　　『失楽園』（ジョン・ミルトン）
　　　　　『ウルガタ聖書』
1867年　『ピレネー山脈』（H・ブラックバーン）
　　　　　『海の苦労人たち』（ヴィクトル・ユゴー）
　　　　　『フランスとプロシャ』（ラ・ベドリエール）
　　　　　『寓話集』（ラ・フォンテーヌ）
　　　　　『コイラのささやき』（モラーの騎士）
　　　　　『小姓フルール＝ド＝メ』（ポンソン・ド・トラーユ）
　　　　　『エレーヌ』（アルフレッド・テニソン）
　　　　　『ヴィヴィアン』（アルフレッド・テニソン）

『グィネヴィア』（アルフレッド・テニソン）

『水』（ガストン・ティサンディエ）

1868年　『浄罪篇』および『天堂篇』（ダンテ）

『アルデンヌ』（エリゼ・ド・モニタニャク）

『エニード』（アルフレッド・テニソン）

『王の牧歌集』（アルフレッド・テニソン）

1869年　『黄金の刀』（ポール・フヴァル）

『ソネットとエッチング』（共著）

1870年　『ドレ・ギャラリー』（エドモン・オリエ）

『トーマス・フッド作品集』（T・フッド）

『騎士ボ＝タン』（レピーヌ）

『美術の舞台裏』（P・ヴェロン）

1871年　『パリのコケーニュ』（ブランチャード・ジェロルド）

1872年　『1870‐1871年の戦闘史』（ラ・ベドリエール）

『人類』（ルイ・フィギュイエ）

『ロンドン──巡礼の旅』（ブランチャード・ジェロルド）

『法王の歴史』（M・ラシャートル）

『宵の明星』（カテュル・メンデス）

1873年　『インウニ物語』（カミーユ・フラマリオン）

『アルザス移民』（ジャック・ノルマン）

『ガルガンチュアとパンタグリュエル』（ラブレー、新版）

1874年　『スペイン』（シャルル・ダヴィリエ）

『フランス人の歴史』（テオフィル・ラヴァレー）

1875年　『老水夫の歌』（サミュエル・コールリッジ）

『リヴァー・リージェンズ』（ナッチュブル）

1876年　『ロンドン』（L・エノー）

『黒騎士』（マリー・ラフォン）

『アルザス・ロレーヌの芸術』（ルネ・ムナール）

1877年　『農民の歴史』（ユジェーヌ・ボンヌメール）

　　　　　『われらの小さき王たち』（H・ジュスラン）
　　　　　『十字軍の歴史』（J・ミショー）
　　　　　『モントルー・ガイド』（ランベール）
1878年　『スペイン』（エドモンド・デ・アミーチス）
　　　　　『世界一周旅行』（ボーヴワール伯）
　　　　　『被併合国への旅』（ヴィクトル・デュリュイ）
1879年　『森を駆ける人』（ガブリエル・フェリ）
　　　　　『画家たちの故郷への旅』（マリー・ブロート）
　　　　　『フランス水彩画家たちの社会カタログ』
1880年　『各自思いのままに』（ジュール・ジラルダン）
　　　　　『叙情詩選集』（ギュスターヴ・ナドー）
　　　　　『元日とお年玉』（ウジェーヌ・ミュレル）
　　　　　『砂漠の惨事』（ノワール）
1881年　『ポントアーズから戻って』（H・ル・シャルパンティエ）
　　　　　『北アメリカ』（イポリト・ヴァットマール）
1882年　『新婚夫婦の歌』（アダン夫人）
　　　　　『ジョージ・クルークシャンクの生涯』（ブランチャード・ジェロルド）
1883年　『大鴉』（エドガー・アラン・ポオ）
　　　　　『フランス水彩画家たちの社会カタログ』
1907年　ドレ作『1870年のヴェルサイユとパリ』

訳者あとがき

　ヴァルター・ミョルス（1957－　）は作家、画家、漫画家、彫刻家として、ハンブルクに在住して多彩な活動をしている。『キャプテン・ブルーベアの13と½の人生』（平野卿子訳、河出書房新社、2005、全3巻）がすでに日本では紹介済みである。『エンゼルとクレテ』（2002）、『ルモ』（2003）、『夢みる書物の都市』（2006）、『夢みる書物の迷宮』（2013）等の主著があり、ミョルスに関する研究書もドイツでは数冊出ている。

　訳者が彼のことを初めて知ったのは、台湾で『夢書迷宮』（圓神出版社、2013）を通してである（注意書きとして、「いまだかつてない危険な著作」とある）。その後、『夢書之城』を入手した。いずれも大作である。

　もちろん、こういうミョルス熱は台湾だけに限らない。英訳、イタリア語訳、ロシア語訳でもこれらはほとんどすべてすでに流布しているのである。

　しかしながら、ここに紹介したギュスターヴ・ドレに依拠した小説は、ご覧のとおり、はなはだユニークな"ファンタジー"である。日本語版の原典はEichhornの初版（2001）の最新増補版（Knaus, 2013）であって、これの訳は拙訳が世界初となる。新たにドレの詳しい背景がハイタッチな書法で書き加えられている。特に、"ディズニー・ワールド"との関連に触れられていて、読者の注目を引くことだろう。ドレが映画界に及ぼした大きな影響を指摘しているのは本書をもって嚆矢とする。

　ミョルスのユニークな点は、ドレの挿絵からイマジネーションの世界に入り込んだことだ。（興味深いことに、L・デ・クレシェンツォがヘラクレイトス哲学からM・C・エッシャーの絵に関係づけられていったのと対照的である。クレシェンツォ『パンタ・レイ――ヘラクレイトス言行録』参照。）ミョルス本人も「付録」183ページでこのへんの事情を説明している。ミョルスの想像力はイタリアの"想像力"の代名詞ダヌンツィオにも引けを取らぬのではあるまいか？

　わが国にも『龍蛇族直系の日本人よ！』（浅川嘉富著、ヒカルランド、2011）

なる本が存在するし、また黒田みのる著『霊物質人類紀』（九重出版、1990）では、「太古の巨大爬虫類は自然霊・竜体となった」（上・69ページ）という。黒田氏は漫画家でもあり、ミョルスとあまりにも人格が類似しているのには驚かされる。

　はなはだ面白いことに、『観音経』にも龍や怪物が頻出していることを指摘しておく。ファンタジーの世界は洋の東西（中世ヨーロッパには『怪物の書』が存在した）を問わず繋がっているのであろう。

　小説に作家の"あとがき"を加える習慣はすでにウンベルト・エコが『バラの名前』覚書でその先鞭をつけており、ミョルスのこの小説の増補版が届いたのは、すでに本文を旧版で訳了しつつあったときであり、なにやらエコとの深い因縁を感じないではおれなかった。

　ドレの図版については、わが国でもダンテ『神曲』やラ・フォンテーヌの寓話にいくつか採用されてきて馴染みだが、本格的なものとしては、『図説ドン・キホーテ』（一橋出版、1982）と『図説バイブル』（同、1981、1982）が出ている（絶版）。最近では、『失楽園』と『聖書』が宝島社から、『ロンドン巡礼』が講談社から出ている。評伝には *La vie et l'oeuvre de Gustave Doré*（Bibliothèque des Arts, 1983）がある。

　なお原作者名の表記について一言しておくと、河出書房新社本では"ヴァルター・メアス"となっているが、訳者はロシア語版（Zangavar, 2012）に依拠して"ヴァルター・ミョルス"とした（ゲーテが"ギョエテ"とか"グーテ"と表記されたりしてきたことを想起しよう。もちろん、"メルス"なる表記も可能だ）。

　訳出に当たっては伊・英訳をも参照したため、若干ドイツ語版とはニュアンスの異なることを付記しておく。

　而立書房の宮永捷氏には版権交渉で厄介になった。エージェントがドイツ人のためスムーズにいったのは幸いだった。感謝したい。このドイツの"想像力"がわが国でも受け入れられることを期待している。

　　2014年3月15日

谷口　伊兵衛

〔訳者紹介〕
谷口　伊兵衛（たにぐち　いへえ）

　1936年　福井県生まれ
　　　　翻訳家。元立正大学教授
　主著訳書『クローチェ美学から比較記号論まで』
　　　　　『ルネサンスの教育思想（上）』（共著）
　　　　　『エズラ・パウンド研究』（共著）
　　　　　『都市論の現在』（共著）
　　　　　『中世ペルシャ説話集──センデバル──』
　　　　　『現代版　ラーマーヤナ物語』（クラシュミ・ラー）
　　　　　『オートラント綺譚』（ロベルト・コトロネーオ）ほか

ギュスターヴ・ドレの挿絵21点に基づく
夜　間　の　爆　走

2014年7月25日　第1刷発行

定　価　本体3000円＋税
著　者　ヴァルター・ミョルス
訳　者　谷口伊兵衛
発行者　宮永　捷
発行所　有限会社 而立書房
　　　　〒101-0064　東京都千代田区猿楽町2丁目4番2号
　　　　電話 03(3291)5589／FAX 03(3292)8782
　　　　振替 00190-7-174567
印　刷　株式会社 スキルプリネット
製　本　有限会社 岩佐

落丁・乱丁本はおとりかえいたします。
Ⓒ Ihee Taniguchi, 2014. Printed in Tokyo
ISBN 978-4-88059-381-4 C0098
装幀・神田昇和